大部分解，
開始！

人渣文本（周偉航） 著

目 錄

書中專有名詞解釋

專有名詞	解釋
警衛勤務	看大門和掃地的。
預官	義務役預備軍官的簡稱。
槍機	槍的重要零件，由許多細小零件組成的圓柱體，用以擊發子彈和退出彈殼。
內務	個人的裝備。
下部隊	訓練完成之後，前往真正服役的單位報到。
中隊長	職級同一般部隊的「連長」，管理約一百人上下。國軍最基層編制為「班」（又稱分隊，約10人）「排」（又稱區隊，約三十餘人）「連」（又稱中隊，約百人）「營」（又稱大隊，約五百人）旅（約兩千人）
標齊對正	就是「對齊」。
安官、安全軍官	像「值班保全人員」的角色。
經理庫房	就是「儲藏室」。
取槍班	非固定編制，被臨時抓去取送槍枝的班。
中山室	部隊的教室或休憩空間，不同部隊的中山室型態差異很大。
預報	俗稱的「工作計劃」。
武管室	武器管制室，專門存放軍械的建築。
軍械室	各中隊或連級單位存放自身槍枝的地方。
軍械班	專責處理槍枝的班。

補休	在夜間或休息時間執勤，事後所給予的額外休息時間。
入庫	將物品存放進儲藏室並完成檢視與資料登錄。
開庫	在承辦人授權下開庫房的門鎖。
學生階	還沒有獲得正式軍階之前的學生時期軍階。
律定	口語的「約定」。
二清	檢查槍枝的固定業務，早晚至少各一次。
大隊長	一般部隊的「營長」，管理約五百人上下，下轄五個中隊（連）。
武器管制室	同武管室，專門存放軍械的建築。
軍械士	軍械班的班長。
卡榫 插銷	類似螺絲釘的槍枝零件。
防塵蓋	槍身上的鐵片，打開可看見槍機。
參謀主任	類似「秘書長」的最高首長之一。
政戰主任	負責情報與心理輔導的最高首長之一。
情治單位	負責軍事情報業務的單位。
大地震	為了找東西的全面裝備檢查。
內務檢查	針對個人裝備與空間的檢查。
黃埔包	陸軍公發的綠色提包。
內務櫃	放個人裝備的直立式置物櫃。
洞八	週六早上八點放假，是國軍的正常放假時間。但步兵學校學生學員都自然是榮譽假，也就是週五下午六點放假，稱為「么八」，因此放「洞八」轉變成為一種懲罰。

旅部連	旅級單位的行政中心。
專業官科	官科是軍官的技能專長。專業官科是俗稱的非戰鬥專長領域。
排級	排的層級。約三十幾個人。
搬彈	搬運軍火。
機步隊	機械化步兵班隊，也是步兵官，和步兵隊一起新訓，到步校之後透過抽籤再分出來的班隊。
散兵坑	讓步兵可以躲起來的洞，通常是用鏟子挖出來的。
補料	補充材料和零件。
野戰排攻擊測考	「野外戰鬥課程」中，「排級」的「攻擊」科目的期末考試。
福利金	類似班費、系學會費的錢。
軍線	軍用電話，自成系統，與外界的「民線」（市話、手機）不互通。
高勤官	全營區最高階的幾位官員。
勤務隊	類似工友的單位。
機械化步兵	有車輛協同戰鬥的步兵單位。
甲車	裝甲運兵車的簡稱。不同於有主砲的戰車。
軍官連	成員全是軍官的連級單位。
總隊長	類似於「旅長」的角色。
前置量	預留的緩衝時間。
撥補	撥下所需的補充資材。
排用機槍	T74 機槍，約十二公斤重。

班用機槍	T75 機槍，約七公斤重。
偽裝膏	用來塗在皮膚上的綠、黑、黃、紅、咖啡色油彩，讓戰鬥者可以和自然環境融為一體。
榮團會	類似「同樂會」的團康活動。
莒光日	軍隊的政戰類課程，所有軍人都要在每週同一時段收看政戰單位製播的「莒光日」節目。
彈藥庫	存放彈藥的庫房。
軍卡	軍用的大卡車。
機步士	「機械化步兵士官」班隊的簡稱。
通槍條	用來清理槍管內部的細鐵條。
分解墊	擦槍時用來放置零件的綠色厚墊，上面有各種槍枝零件的圖形，可以依圖擺放，避免遺漏。
高司單位	相對於野戰基層部隊的高層單位統稱。
曳光彈	夜間照明用的彈藥。
機匣蓋	機關槍槍身部分的蓋子，打開可看到槍機等零件。
覘孔部	用來瞄準的洞與週邊零件。
瞄準具	槍身上用來瞄準的零件總稱。
離營宣教	放假之前的長官講話。
水電燈火管制	部隊晚上十點之後到第二天起床時間之前，要停止使用多數電燈，並停止盥洗、用水。

改編自真實事件。

本書之人事時地物均經過相當比例之調整，以維護當事人隱私及
軍事機密。

主要出場者（民國 98 年 1 月 5 日時職級）

步兵學校一大隊五中隊 預官步兵隊
徐偉業：陸軍步兵少尉，步兵隊實習中隊長。
吳俊龍（龍哥）：海軍陸戰隊少尉，步兵隊實習副中隊長、器材班班長。
楊德賓（天天）：陸軍步兵少尉，事件當天為步兵隊值星官。
朱雲海：海軍陸戰隊少尉，步兵隊實習軍械士。
王志豪（饅頭哥）：陸軍步兵少尉，步兵隊實習副軍械士。
陳運財（阿財）：陸軍步兵少尉，步兵隊內掃班班長。
鍾敏嘉（老頭）：陸軍步兵少尉，水電維修士。
陳加智（醫生）：陸軍步兵少尉。

步兵學校一大隊五中隊 專業軍官隊
「臭臉哥」：海軍陸戰隊少尉，專軍隊實習中隊長。
徐眉雲（小可愛、小楊丞琳）：陸軍專業軍官班學員，事件當天為專軍隊值星官。

步兵學校一大隊五中隊 正職幹部
中隊長：陸軍上尉。
副中隊長（馬尾大大）：陸軍中尉。

【即時】
陸軍步校驚傳遺失槍機
指揮部正全面清查中

陸軍步兵學校五日清晨實施例行械彈清點時,發現短少 65K2 步槍槍機 1 支,指揮部隨即進行全面清查,但截至發稿時仍未尋獲。發言人表示目前尚不清楚槍機的可能流向與偷竊者動機,指揮部除繼續搜尋外,亦將檢討相關人員違失責任。

發稿:2009/01/05
更新:1030

受文者：貴單位保防承參

發文日期：民國 98 年 6 月 17 日
發文字號：國儀電台字 0980608012
速別：最速件
密等及解密條件或保密期限：極機密。保密期限由本台另行審定。
附件：一、受訪人員名冊，紙本，1，頁。二、訪談執行需知，紙本，
　　　3，頁。三、從事及參與國防安全事務人員安全調查辦法與施
　　　行準則，紙本，11，頁。

主旨：本台（特）協請貴單位配合針對所屬之少尉000
　　　等一員進行專案安全調查，希照辦！

說明：
　　一、　依從事及參與國防安全事務人員安全調查辦法與
　　　　　施行準則辦理。
　　二、　查貴單位所屬之 58 期預官步兵少尉 000 疑涉民國
　　　　　98 年 1 月 5 日陸軍步兵訓練指揮部暨步兵學校第
　　　　　一大隊第五中隊之槍機遺失案，本台將於民國 98
　　　　　年 6 月 25 日 1200 派出便服人員至貴單位針對該
　　　　　員進行安全調查，請貴單位保防承參協同配合訪
　　　　　談。
　　三、　如本台人員於該時段無法抵達貴單位，將於訪談
　　　　　一日前通知貴單位，並改以軍線於原定時段進行
　　　　　電話訪談，或轉由貴單位保防人員以問卷併錄音
　　　　　謄打方式於當日 2200 前完成調查。如以電訪或
　　　　　問卷方式為之，請於進行過程中（當日 1200 至
　　　　　2200）對該受訪員進行通訊管制，避免該員於期
　　　　　間內接觸其他涉案人員。

四、 因保密考量，事前勿告知受訪員本次訪談主題。具體進行方式將由本台人員於訪談時當場告知，或請貴單位保防人員於當日 1200 將本文附件開封宣讀。

五、 可告知受訪員本訪談由高司單位之女性文職人員主持進行，可不拘軍事儀節。因受訪員已屆退，貴單位應宣導本次訪談結果不影響其退伍與後續權益，完成訪談者，另可獲贈得於全國營站消費之五百元現金禮券。

一,

當兵後才知道感
冒是真的會死人

訪談形式：面訪

受訪者：鍾敏嘉少尉

主題：民國 98 年 01 月 05 日，06:00 之前的營舍狀況。

（訪談人：請自我介紹。）

直接講？

我是少尉鍾敏嘉，現職是警衛勤務排排長，在步校是普通學員，不是幹部。預官同梯都叫我「老頭」，因為我比大學剛畢業的同梯大十歲。我是博士畢業直接取得預官資格的步兵官，新訓在成功嶺，二階段訓在步校。

（訪談人：掉槍機當天早上 6 點之前，你是否有什麼不一樣的發現？）

早上 6 點之前？那是我們提前起床整理內務或處理業務的時間。6 點才是正式起床時間，但大家都會提早起來。

和平常不太一樣的地方嗎？那天應該和之前的每天早上差不多吧，就是從「滴滴滴滴」的電子鬧鐘聲開始的。

啊，那天「滴」了特別久。我記得我摸到自己的手錶，一直猛按，但「滴滴滴滴」還是沒停。我隔了一陣子才確定不是我的手錶在叫。錶的主人自己起不來，就「滴」個沒完。

我看時間，好像是 5 點 28 分或 18 分。太早了，所以我還大概記得。我們會把鬧鐘往前調一點，但多數人不會早過 5 點 40。所以這「滴滴滴滴」也滴得太早了。早上印象最深的大概就是這個「滴滴滴滴」。

（訪談人：除此之外，你曾注意到寢室還有什麼不一樣的地方嗎？）

　　這時候沒開燈，看不到什麼吧？都黑黑的。

　　因為那個「滴滴滴滴」還是滴個沒完，我也睡不好，就坐起來。我有轉身看床頭旁的窗外。那時是冬天，天還沒完全亮。

　　想不起來有什麼特別的地方。大概就，就是聞到窗外的空氣，很乾淨的空氣。平常我們的「窩」，就是蚊帳圍起來的那個長方體，我們通常說那是「結界」，很不透氣，很悶，但睡覺又規定要架蚊帳。冬天還好一點，夏天根本是地獄。

　　但是這天早上剛起來的時候，蚊帳內居然飄入很清新的草香。這算是不一樣的地方吧？我是聞到那個味道，才會轉頭看窗外。那個味道應該是草被大家踩了一天，受傷的部分混合露水發酵，再用整個晚上慢慢蒸發到三樓來。

（訪談人：你接著就起床了嗎？）

　　也沒有，就聽那個「滴滴滴滴」，然後在發呆。有點煩。

　　因為「滴」了太久，我右手邊有同學在乾咳，大概是他也

不爽了。我想找聲音來源，叫手錶主人起床，但滴聲突然停了。被按掉了。然後我這組床架開始搖，搖搖搖，一個黑影從我腳邊掉下來，「哦哦」叫兩聲。

聽到「哦哦」，就知道掉下來的，是睡在我上舖的天天。我睡下舖，他睡我正上方。我們營舍是雙層床。

天天的本名叫楊德實，我們同學都叫他天天。他現在好像是在軍備局還是軍情局。他大概是下床時踩空一階，變自由落體，直接著地。

他在地上坐了十幾秒才痛完，然後抓著床柱站起來，安靜的打開內務櫃著裝。我看他掛上綠色的值星帶，才想到他這天是我們步兵隊的實習值星官。值星官要帶隊和處理一整天的業務，所以他才會這麼早起床。

（訪談人：你們隊上的值星官工作量算重的嗎？）

就算不是最辛苦，也是排前面兩三名吧！我們步兵隊的同學都有機會輪到值星，但也因為全都是少尉，地位都一樣，所以值星官也特別辛苦。最不好管的就是同學了。

一般排長的值星帶是整條紅色的，但在步校是受訓階段，所以值星官背的是綠帶子。但依我經驗，工作量不會比紅帶子少哦！我在步校也背過一週的值星。

我們五中隊通常值星背一次都是一週，不像有些基層班隊，值星帶一背上去就黏著拔不下來。不過天天很幸運，他背不到四十八小時就下莊了，因為我們前面是在放元旦連假和補假，

四號晚上才收假回來，天天就是那時才接值星，但我們六號中午就會結訓，所以他的工作是帶隊走出營門的瞬間就結束了。

因為馬上要閃人，所以四號晚上收假回來的時候，同學都超隨便的，亂成一團，像畢業前的學校。不過步校本來就是學校啊，步兵學校嘛！只是一般人不會來讀。但很多台灣男人讀過。被強迫的，各種強迫。

當然步校也有女人啦。

（訪談人：這位值星官除了著裝之外，還有什麼值得一提的特殊行動嗎？）

喔，他摸了很久，最後就左手抓值星帶尾的那個「球」和毛穗往後甩，帥氣消失在黑暗中。我們背值星帶都會有這個習慣，因為那個球和毛會卡來卡去，要一直往後甩，但走一走又會卡回來。

我當時有注意到那條值星帶的毛穗又快掉光了。這種值星帶，外面軍品店都買得到，一條沒多少錢，都是粗製濫造，壞得很快。值星官還要背出去跑演習，跑跑跳跳兩下就沒「毛」了。

我背值星之前，我看當時值星官背的帶子已經剩沒幾根毛，所以收假回營的路上自費買一條新的，然後輪我值星時我就背新的。但是反而被中隊長幹了一頓，他說這種東西怎麼可以自費。

可是如果不自費，不知何年何月才拿得到新的。我下值星後，我買的帶子就送給隊上，那條帶子也一直用到結訓。然後

公發的還是沒下來。

（訪談人：值星官離開後，你做了什麼事呢？或是看到什麼？）

雖然還沒到我設定的起床時間，但都醒了，我就在床上拉筋。這時候我看到寢室內有幾支手電筒的光影，應該是其他早起處理業務的同學。有些同學有晨間勤務，像整理器材之類的。反正在6點正式起床時間之前，整棟大樓都是「水電燈火管制」，不能開大燈，如果要提前起床動作，只能偷偷用手電筒。所以他們也不是在做什麼壞事。

到了5點40分，我的手錶終於響了。我就下床去上廁所。雖然是在高雄，但一月初清晨還是有點冷，我是先穿好運動外套，再把蚊帳拉起一點點，從小縫伸腳下床，等兩腳都套好了拖鞋，整個人再溜滑梯那樣滑出蚊帳。

其實再幾分鐘後就要摺蚊帳，直接掀起來出去就好了，但兵當久了就是會有這種「反射動作」，不想破壞整齊的狀態，所以動作都很小，以免要花時間整理。

反正「標齊對正」比什麼都重要。每晚睡前我們會把蚊帳的四個垂邊都整齊塞入床墊下，所以為了不破壞這種「美好」，連晚上起來尿尿，就算半夢半醒，也是下意識的用這種破壞程度最小的方法鑽出去。

有些人更誇張，他不想花時間把棉被摺成豆腐干，就把摺好的整疊棉被放在身上睡。我是不會這樣幹啦。反正軍人當久，腦子就會不太正常。

（訪談人：你離開床位是去哪？）

就去廁所，尿完就回來。

（訪談人：可以描述得再詳細一點嗎？）

再詳細啊？這很難耶，那時大腦也不太清楚，又很黑。反正我就打開手電筒照地板，小小聲走去上廁所。我這邊的寢室門出去左轉就是廁所，我進去後挑了個中段的小便斗就位。我都固定在那一兩個小便斗尿。

我右手邊已經有人在尿。是摸魚哥，他也是博士，但因為做什麼都很混，被同學取名叫摸魚哥。我發現摸魚哥選錯小便斗了，他選到會漏尿的，所以提醒他那個小便斗會漏。但尿應該已經滴到他腳上，所以他低聲罵了一堆幹。

這浴廁是我負責清潔維修，但我有用便條紙貼一張停用公告在上面，現在黑黑的看不到，當然就不能怪我。他打開手電筒看到真的有條狀便利貼寫的停用公告，就罵我用太小張了。可是國軍嘛，都節用節葬啊，所以只能請他節哀。他後來好像用跳著去洗手台洗腳。

我記得的都是這種沒營養的小事。

我尿完之後就回到寢室。因為還懶得整裡床上內務，就隨便選張空床位躺下，摳腳看手機訊息。

（訪談人：寢室有空床位？是沒人的床位嗎？你們都直接使用？）

這間寢室沒睡滿，靠廁所的這一邊全是空床，除了床墊之外什麼都沒有。只要是空床，我們都是想用就用。當然中隊長看到可能會開罵。

中隊長是真正管得住我們的正職幹部，這整棟樓其他人我們都不太鳥的。

如果床位是空的，附屬的櫃子理論上也是空的，所以最後幾星期我們都會偷偷佔用空櫃；不過用空床太容易被抓到，所以就只有偶爾放一下東西或躺一下。

（訪談人：能具體說明一下空床有多少嗎？）

有多少喔？我沒特別記耶。我用算的好了。

我們步兵隊分兩間寢室睡，我當時住的是五中隊的第二大寢，這間寢室共有 12 組床架，一組可以睡 4 人，所以整間寢室可睡 48 人，但一月份那時，就只有我所屬的預官步兵隊 20 員住在裡面，所以有 28 張空床，比住的人還多。

（訪談人：其他寢室的狀況呢？）

我們五中隊的預官步兵隊共有 68 人，這第二大寢睡的是座號最後面的 20 人，其他的 48 人是睡在和我們隔著中央走廊的第一大寢。所以第一大寢的床位是全滿的，那邊擠到連空氣都不太流動，很鬱悶。

沒當過兵的人一定會問說為何不平均分開睡，讓大家都舒

服一點。但這真的就是沒當過兵的人才會問的問題。軍人就是會這樣擠，這叫「向前補滿伍」，沒有為什麼。

（訪談人：除了兩間寢室之外，還有其他寢室嗎？）

　　不是我們的人也要講嗎？不是我們步兵隊的人也要講？呃別人家的事，我就有點不太清楚了。因為那邊不是住我們的步兵隊的人，我去的次數也很少。

　　五中隊有三間大寢室，還有兩間小寢室。我畫張圖好了（圖01）。

　　軍隊建築很像學校的教室棟，有一整排房間的那種大樓。

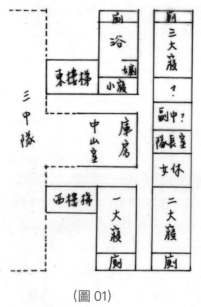

（圖 01）

在我們五中隊這邊，隔開第一和第二大寢的是中央走廊，那中央走廊的另一頭，也就是遙遠的東側，那邊有浴室，浴室對面還有一間第三大寢，那邊住了二十幾個專業軍官隊的人。

　　我們都叫他們「專軍隊」。專軍隊都是大學畢業後報考軍官的志願役。而步兵隊這邊，全是畢業後被抓來當兵的義務役預官，也就是不願役。一月當時的五中隊，就只剩步兵隊和專軍隊這兩組受訓人馬。雖然年紀很接近，但兩個班隊的相處非常不愉快。

　　像那個尿在自己腳上的摸魚哥，他就看志願役特別不爽，不論是在什麼場合、講什麼事，他的開場白都是「志願役就是廢物！」「正常人怎麼會來當志願役！」「就是最沒用的社會殘渣才會來當兵！」之類的。就算他前面坐滿志願役，他還是照講不誤。這就很尷尬了。

（訪談人：你認為步兵隊和專軍隊的衝突有什麼特定的原因？）

　　這是很嚴肅的問題。專軍隊和步兵隊都還是在受訓階段，沒有業務和隸屬關係，之所以會有衝突，除了國軍志願役與義務役的宿怨之外，我認為還有一些很細微的心理推力。

　　我們步兵隊的平均學歷比專軍隊高上一大截，這會讓步兵隊有種優越感，專軍隊也會覺得自卑。我們步兵隊 68 人裡面，就有 11 個博士，一半以上是碩士，就算只有大學畢業，也多半是前段的國立大學。大家從小就是人生勝利組，沒遇過什麼困難。

23

那專軍隊多半來自弱勢家庭，我問過學歷最好的，好像是嘉義大學的學士，所以才會考志願役來解決經濟困境。我認為光就來自弱勢家庭這點，步兵隊就該多讓他們一些，但步兵隊常以為自己學歷高是全憑自己的努力，而專軍班之所以如此，全是因為自己不努力。

我和其他步兵隊的實習幹部，都很清楚自家同學有這種錯誤的想法，所以如果專軍隊在場，步兵隊又剛好有人出包，我們通常會「打小孩給別人看」，有時候還會故意罵得很難聽，就是要挫挫自己人的氣燄。

我們實習幹部通常年紀比較大，罵起來還是有點壓制力的。

（訪談人：回到當天早上。當你從廁所回來躺在空床上時，曾觀察到什麼狀況或做什麼事嗎？）

完全想不起來。反正我只躺了幾分鐘吧，到了 5 點 50 分，我就回到自己床位，拿臉盆去浴室梳洗。我都有固定行動時間的。

浴室在東側第三大寢對面，所以要沿走廊走過去。我還是用剛剛畫的圖講一下好了。

我住的這棟一大隊隊部大樓，是三層樓的 H 型建築，每層樓是一或兩個中隊，各中隊會有一條中央走廊貫穿，走廊兩旁就是生活區或辦公室。我說過這很像學校大樓嘛，如果學校大樓是一整排教室，那在軍隊，教室就變成寢室、庫房、辦公室，還有浴廁。

真的很像學校。每次看到營舍的鋁製窗框，我都會想起高中時被我寫滿立可白的窗框。應該是同一家做的吧。

（訪談人：在你移動的同時，看到什麼狀況嗎？）

我去浴室的時候走廊還是一片黑，只有正中央的安官桌有盞小燈。安官桌這個監視哨點是徹夜不關燈的，晚上會有同學輪值安全軍官；我們是全部同學都要輪流當安官，一次要坐一個小時。兵是站夜哨，我們軍官就是坐著當安官。

那最後一班的安官正低頭看書。

啊，我想起來了，在安官桌旁，中隊長室門前黑黑的地方，有兩個人背對我站著，在小聲交談。從外型就能看出那兩人是值星官天天，還有我們步兵隊的實習中隊長徐偉業。天天比較瘦、高、駝背，徐偉業比天天矮一點點，也比較壯。他們站在中隊長門口，應該是等著要和中隊長開會。

徐偉業是我們步兵隊的實習中隊長，而他們兩個等著要見的中隊長，才是五中隊「真正的」中隊長。這樣聽得懂嗎？

好像不太好懂。反正軍校的一個中隊裡，可能會有很多個像步兵隊這樣的受訓班隊，而每個受訓班隊也都會有一個實習幹部體系。正常的中隊裡有什麼幹部，那每個受訓班隊裡也會對應的實習幹部。

當時五中隊有步兵隊和專軍隊這兩個受訓班隊，所以會有兩個實習中隊長，兩個實習值星官，他們早上會一起去見「真正的」中隊長，聽今天的任務指示。我以前當值星的時候……

（訪談人：可以集中描述你當天所看見的狀況嗎？）

　　喔我就是要講當天的事。理論上，去找中隊長聽指示的時候，應該會有兩個實習中隊長、兩個值星官在那邊，但當時我只看到步兵隊的那兩人，沒看到專軍隊的，所以有點好奇，就一直看他們。

　　我走近之後，才發現他們兩個擋住了第三個人。那人太矮了，所以被天天和徐偉業擋到。因為很黑，我到非常靠近才看出第三個人是女官。她穿迷彩服，但太黑看不出軍階。

　　我當下是有點驚訝，因為女官依規定都要住在女官的大樓，7 點還是 6 點以後才能進來這棟隊部大樓，這好像是什麼男女營規還是兩性營規吧。但我看到她的時候還沒 6 點。

　　那個女官在和我那兩個同學溝通不知道什麼事情。我經過的時候，才看出那女官綁馬尾，是長頭髮的女官，那就鐵定是前一天晚上才歸建的副中隊長。她是我們五中隊唯一長髮的女生，其他女官都是專軍隊的學員，她們剛結束新兵訓練，所以全是短髮。

　　我走過去的時候，那三個人都沒理我，是坐著的安官抬頭看了我一眼，笑了一下。我低手向他比根中指，直接走過去了。

（訪談人：你們副中隊長是前一天回來的？可以補充說明一下這位副中隊長嗎？）

　　我們剛來步校的那幾週，還能看見這副中隊長出沒。徐偉

26

業的實習中隊長職位，也是她指定的。她之前算是很低調，所以我也忘了她是哪天消失的。

聽說她是去受訓。我們四號晚上收假時，就掉槍機的前一天晚上，她才正式歸隊，我們步兵隊也正好要結訓。

在專軍隊的學妹們來之前，她是我們隊上唯一的女生。雖然是萬綠叢中一點紅，但她很神秘，好像沒人知道她的背景和年紀；依她的中尉軍階來推算，如果是大學畢業就來當志願役，應該是比我還年輕，也比許多步兵隊同學年輕。步兵隊很多二十五歲以上的，像我這種三十歲以上的也不少。

但再年輕，也是堂堂的正職幹部啊！她是五中隊的副中隊長，而我們步兵隊不過是受訓學員。就算徐偉業掛了個實習中隊長，在她面前也是個龜孫子。關於她的資訊大概就這樣。

（訪談人：好的，那在浴室盥洗時，是否觀察到什麼特殊狀況？）

洗臉刷牙沒什麼特別的事，就一堆人摸黑在那邊摸來摸去。

（訪談人：那之後呢？回去寢室？）

我梳洗完畢出來，剛剛在中隊長室前的三個人都已經消失。大概是進去中隊長室了，只剩安官在位子上傻笑。

回到我自己的床位時，是 5 點 55 分，離早點名還有 20 分。我抓時程是很精準的，這流程每天都一樣，所以應該不會記錯。

因為時間剩很多，我很悠哉的收蚊帳、摺棉被，把不該在

床上的東西全掃入內務櫃和床下。才收了個大概，值星官天天就跑來找我，說要我「幫個忙」。我還很輕鬆的說：「有什麼需要幫忙的地方可以盡量講，然後我會告訴你我幫不上忙。」但他馬上告訴我一個超級挫賽的消息，就是我們寢室旁的廁所，有間蹲式沖水馬桶壞了，在漏水。

我們都叫那個馬桶是佛地魔，因為壞的次數多到中隊長一聽到又被用壞，就會爆怒，所以大家都不敢提。我之前已經勉強修好，我不過還是貼了一張「停用」的紙條在門上，要大家別用。

可能是因為早上太暗吧，我們一個叫阿財的天兵同學沒注意到那張紙條，就開來用了，然後就噴了。那間的問題是使用後不會停止進水，水會從上方的水槽滿出來，所以一定要修到至少止水才行，不然就會流到全宇宙都是水。

（訪談人：那你怎麼處理這個狀況？）

當時大概是洞五五八（05:58），洞六么五（06:15）要早點名，只有十七分鐘。如果放著不管去早點名，回來一定淹水，我會死更慘。

我是五中隊唯一的水電工。我當水電工沒什麼特別的理由，只是因為現有人馬裡頭就我會修水電。在營外的陽間世界，我也不是真的水電工，只是吃飽閒著會摸兩下罷了。但在步兵隊，會摸兩下的人就是神。

怎麼處理嘛，我就先過去看再說。一到果然是嚴重出水中，

都流出來到外面的地上。那個水箱機件雖然可以正常沖水，也能止住出水，但浮球機件老化斷了，有時候進水不會自動停止，會滿出水箱變成瀑布，要爬上去扳動機件才有辦法止住。

因為還不能開大燈，我用手電筒照看廁所內外，但是都沒有可以拉來墊腳的東西。我還想過把大垃圾桶反過來站，但那還要清出垃圾，站上去也不保險。所以一定要找到梯子。

我當機立斷離開廁所，衝向在走廊中段的「經理庫房」，也就是儲藏室。我想器材班可能已經開庫，那就有機會搬梯子出來，修好水箱再搬回去。最多只要十分鐘，絕對來得及參加六點十五的早點名。這是我的計劃啦！我現在再想一次也是一樣。

（訪談人：那你的實際執行過程呢？）

最幹的就是這點了。我才在走廊衝沒幾步，就聽到輪值安官大吼：「現在時間，洞六洞洞（06:00），部隊起床！」

整個中隊大燈全開，所有人像瘋子一樣都衝到走廊上。我就像在逃難人群中要搶最後一張船票那樣拼命擠，但是又被天天一把拉住。就那個值星官。我還以為他又有什麼大事，結果他只是要講早點名服裝。要穿運動長褲和運動外套。幹當時我就是這樣穿。

我推開他以後，擠到經理庫房門口，試著拉了一下 U 字鎖頭，結果挫賽，門是鎖著的。器材班還沒來。說不定今天早點名前都沒有要開庫。

我當過值星官，知道庫房對面的中隊長室有鑰匙櫃，裡面還有另外一副庫房鑰匙。但中隊長現在鐵定已起床，正在裡面看資料，或者是和實習幹部開晨會，如果我進去取鑰匙，中隊長問我幹嘛，我說佛地魔又噴了，那鐵定會被幹到飛起來。

　　我又想到，器材班的那副鑰匙，應該還在器材班班長龍哥的手中。他姓吳，吳什麼龍。他年紀小我一點啦，但我還是和其他同學一起叫他龍哥。他很熱血，每次都在洞六洞洞就衝下樓去排第一個參加早點名。所以事不宜遲，我立刻轉身跑往他住的第一大寢。

　　但我一轉身就撞到人，然後問題就解決了。

（訪談人：撞到人就解決了？）

　　應該是這樣講，我才轉身就撞到身後的路人，差點跌倒，手機還甩出去。

　　我正要補聲「歹勢」，對方卻先道歉說：「學長，對不起！」我聽聲音才知道踩到的是女生，趕快轉頭說：「不好意思！」再仔細看，原來是專軍隊的學妹，還剛好就是最正的那個。

　　我注意到她身上有綠帶子，所以她是專軍隊這天的值星官，她來這邊應該是要去中隊長室開會的。

　　我突然想到一個解決方案，就是叫她進中隊長室幫忙取庫房鑰匙，因為她本來就要進去開會；中隊長就算要罵人，看到女生應該也會罵比較小力。那我就問她：「學妹不好意思，你要進中隊長室嗎？我急著要修東西，要開庫，可以麻煩妳幫

我……」

　　她很認真聽哦！但我才大概講到這邊，就看到副中隊長從旁邊的中隊長室推門出來。她出來時一直盯著我看，嘴角還翹起一點點。

　　我想那代表她在笑吧，不管是冷笑還是真笑。也可能是因為我沒對她敬禮。反正她就一直看著我，然後問我找學妹要做什麼。

　　欸，對了，妳說我只要報告到六點，這時已經六點多了，還要繼續講嗎？

二、

人對標準答案
有種執著

訪談形式：面訪

受訪者：楊德賓少尉

主題：民國 98 年 01 月 5 日，06:00 至 07:00，早點名。

（訪談人：請自我介紹。）

哦！我叫楊德賓，這裡大門口的警衛排少尉排長。我是預官五十八期一梯的步兵科預官。學歷也要講嗎？

（訪談人：不用。可以簡單介紹你在步兵學校時期的職級嗎？）

我在步校只是普通學員哦！前幾個月是學生，十一月後掛階變少尉，但還是受訓到一月才離開。對了，我是掉槍機當天的值星官哦。

（訪談人：請說明當天早上六點到七點之間，你所觀察到的狀況。）

六點到七點之間？早點名哦？等一下，我看一下我當時抄的記錄。我當時抄了很多廢話哦！說不定會有幫助耶！因為徐偉業，就我們的實習中隊長說，長官喜歡看到幹部在下命令的

時候抄筆記，所以我們就一直抄一直抄，抄了一堆廢話哦！

　　從早點名開始講嗎？

（訪談人：請從六點整開始。）

　　六點整？那應該是部隊起床的時候？我沒記錄耶，我想我應該是在走廊上哦？我是值星官，所以會在走廊上通知大家早點名要穿什麼。

　　應該是這樣啦，我這邊有寫早點名服裝。啊，還有通知三個取槍班的班長，要他們整隊在中山室集合。他們要去把元旦連假時寄放的槍都搬回來。

（訪談人：我補問一個問題，依資料，你是主動爭取當最後兩天的值星官的，請問你為什麼會要求當最後一任的值星官？）

　　哦對，是我自己爭取的。我是想說哦，都要結訓了，那在下部隊之前，總要找機會練習背個值星，以免之後下部隊的時候什麼都不會。所以自願背最後兩天的值星。實際上只有一天半啦！

　　但是我發現哦，時間太短，實在學不到什麼。根本還沒上手就結束了啦！不過我運氣不錯，有徐偉業幫我哦！徐偉業是我們實習中隊長，雖然年紀比我小，但懂很多。而且我還有代代相傳的值星官小祕籍。就我現在拿著的這一疊。因為我是最後一任，所以把這帶回家了。

（訪談人：在走廊的時候，你曾注意到什麼特別的狀況嗎？）

人很多哦，人來人往的。我只記得人很多！很多人撞到我。然後我一時之間不知道要幹嘛。雖然我有拿著值星官祕籍，不過上面沒寫通知完服裝後要幹嘛。哈哈。

哦對，是徐偉業衝過來叫我到中隊長室準備開晨會。啊，還有，這時老頭扛著梯子經過，還對我比個讚。老頭是睡我下鋪的老人，姓鍾，專門修廁所的。他搬梯子是要去修廁所，因為早上廁所壞掉了，一直漏水，所以他要去修。

結果老頭才走，徐偉業就罵說老頭出庫房沒關門，我還去幫他關。你看我這邊寫「提老關庫門」，提醒老頭要關庫房的門。

徐偉業等我關好門，我們兩個才一起站到中隊長室門口，立正排好。徐偉業大喊：「報告！步兵隊實習中隊長少尉徐偉業與值星官少尉楊德賓請示進入中隊長室。」這個是他的台詞，但我的祕籍也有哦。

中隊長用很酷的聲音叫我們進去，徐偉業一拉開紗門，我就走進去了，結果被徐偉業瞪。好像應該讓他先進去才對。這個我後來也有補記喔！妳看，「官大先進」。

（訪談人：你還記得中隊長室裡面的狀況嗎？）

中隊長辦公室好像都不開大燈的，只有桌上的小檯燈亮著。那個檯燈的光線只能照出一個小小的圓，中隊長就盯著圓裡面的一疊紙看。像是偵探片那樣。

我們到的時候，專軍隊的實習中隊長與值星官都已經到了，站在中隊長桌子的前面五六步的地方。副中隊長也在，她是女生哦！之前她都不在，這天剛好回來。副中隊長站在中隊長右後方的黑暗中。

徐偉業拉著我往桌子前面剩下的位子站，然後我們都拿出小本本準備抄中隊長的命令。

因為中隊長一直沒說話，我就東看看西看看。專軍隊值星官也是女生哦，是學妹，很多同學叫她「小楊丞琳」。我認為她長得不太像楊丞琳啦！和楊丞琳一樣是短髮而已。可能是因為我們有共識的短髮正妹只有楊丞琳，所以都叫他小楊丞琳。也有人叫他小可愛喔。我覺得她比較適合小可愛這個名字。

（訪談人：這場晨會有下過什麼命令？）

哦！這個我有抄下來。但不是我們步兵隊的事，我就沒寫了哦，所以可能會記錯。

命令是先下給專軍隊的。中隊長是沉默超久，突然說：「徐眉雲！」嚇死我了。學妹就「又！」的一聲，往前一步立正。動作很標準哦，雖然她比我還菜，但是我也是看她動作，才學到在室內好像要這樣答「又」。我本來以為在室內也要舉手答「又」。

中隊長問她第一次帶早點名，有沒有問題。學妹說：「報告，沒有。」她的聲音聽起來很「軍人」，中氣很足。我本來以為她聲音是很少女的那種。

36

然後中隊長在笑。他平常都超兇的哦！是整天都在生氣的人。他可能才大我兩三歲，但超兇，連老頭都怕他。

　　除了問學妹的這件事，中隊長對專軍隊下的其他命令，我都忘光了哦。

　　然後中隊長就轉頭大吼：「楊德賓！」叫我啦！我就像學妹那樣往前跳一步，立正回答：「又！！」

　　中隊長用手戳桌上的那疊紙，問說：「為什麼我桌上放了一疊資源回收？」

　　我沒聽懂，還低頭去看他的桌子，但在檯燈和文件以外，真的沒看到什麼資源回收哦。我就回報說：「報告中隊長，沒看到資源回收耶？」

　　他超生氣的說：「耶個頭啦！這疊啊！你給我這疊廢紙幹什麼？」

　　我這時才看出中隊長桌上的紙，是我六點前先交給副中隊長的今日工作預報。原來中隊長是在鋪梗演戲啦！他就一直很酷的瞪我。

　　我一個屁字也說不出來，只能等徐偉業來救我。徐偉業還真的跳出來哦，他說他沒看過預報就讓我把這東西交出來，是他個人的疏失。徐偉業這點真的厲害！該他出來扛的時候，他一定會出來扛，不用你通知的。

　　可是徐偉業有看過那些預報哦，因為每張他都簽名。

　　後來我想，中隊長應該只是要電一電我吧，所以徐偉業講完，中隊長馬上揮手要我們往後。我們也後退一步龜起來。

（訪談人：所以中隊長沒下實際的命令嗎？）

　　哦有有有。我找到了，我抄在這邊。

　　中隊長停了很久，才突然小聲說：「注意。」我反射動作立正。但我看看徐偉業沒立正，他是打開小本本出來抄，我才知道要下命令了，也趕快打開自己的小本本。你看我這有寫哦，「注要抄令」，注意的時候不立正，要抄命令。說是長官很喜歡這種認真的樣子啦！

　　中隊長的命令是：「現在時間洞六洞拐（06:07），洞六么洞（06:10），步兵隊派出三個班隨副中隊長去武管室，取出元旦之前寄放的槍，回來五中隊軍械室放。」

　　他講完之後我在發呆，徐偉業戳我，我才趕快報說：「報告！已提前通知取槍人員洞六洞五（06:05）在中山室集合！」

　　中隊長說他會先過去武管室，接著再去參加早點名。在他到之前，早點名是由徐偉業看著專軍隊學妹來進行。然後他就要我們開始動作。大家都立正，然後快速退出中隊長室。

　　學妹走在我前面，抱著點名簿冊衝下樓，她跑到值星帶都飄起來了哦。美美的。好像也有點香香的。可能是幻覺哦。

　　還有，出去的時候，我在走廊上看到老頭扛著梯子回來放。

（訪談人：你有特別注意到老頭？）

　　哦，有。我說我剛剛有幫他關門，這次要記得關哦！他說他超謝謝我哦，祝我往生西方極樂。他講話都這樣，沒禮貌。

老頭住我下鋪，我每天都在和他嘴砲。可是這時我沒和他嘴砲太多，因為我急著要去中山室確認取槍的人數，副中隊長馬上要帶隊出發。

步兵學校的中山室和現在軍備局這邊的不太一樣，步校的中山室是在庫房後面的一間空教室，裡面沒有桌椅，上課的話要自備板凳，就是童軍椅。我們如果要室內活動，通常都會到中山室去。

我到中山室的時候，要去取槍的人都已經到了哦。因為要搬回來的槍很多，除了軍械班以外，還另外找了器材班和一個內掃班去支援取槍，總共 30 個人。我走進中山室時，三個班都整隊好了。

副中隊長也來了，和我核對人數沒錯，就帶隊出發。因為是副中隊長帶隊，一些參加者好像很興奮，有女人就是要興奮一下。

不過一小時後他們就笑不出來了。

（訪談人：所以這個時候分部隊出去？你能掌握的人數狀況是？）

我小本本上的記錄是步兵隊總共有 68 員，取槍公差 30 員，外掃班先離開大樓去掃地，共 10 員，餐廳班處理早餐共 7 員，因病後送軍醫院 1 員，最後一班安官在補休 1 員。所以總共是少了 49 員，那早點名會只剩 19 個，超少的。

不過這好像有算錯，但現在一時忘記是哪邊算錯了。

（訪談人：取槍人員出發後，你接著處理的業務什麼？）

　　就是在算人數哦。

　　不過我在算人數的時候，徐偉業探頭進中山室罵我，說我還留在這幹嘛，我看錶才發現已經 13 分了，一整個嚇死，因為早點名是 15 分，只能用最快的速度衝。五中隊在三樓，我要跑下樓，出大門，再跑過大隊集合場，跨過三號道路，跑到「方基」上的早點名位置。步校那邊都把操課用的大草皮說是「方基」，好像沒有其他地方是這樣說的哦？

　　我到的時候大家已都先排好講話隊型了。就馬蹄型。

　　我去找專軍的值星學妹報人數。就那個什麼雲？徐眉雲啦！你看，我現在還有當時寫的字條，步兵隊應到 68 員，實到 19 員。

（訪談人：報完人數隨即進行早點名嗎？）

　　沒有哦。她嚇一跳，問說怎麼那麼少人。因為我們步兵隊通常會有 40 多個人參加早點名。但人少是因為去取槍啊。

　　她很緊張的樣子。她大概也是昨天晚上先想好早點名隊型和台詞，結果好死不死碰到我們步兵隊一堆人消失。

　　步校早點名沒那麼簡單哦！我們現在在部隊，都是只有幾個人，可以隨便點一點，但步校的早點名會照固定的流程在跑。光是排隊就不簡單，你看我的這張圖（圖 02）。

　　正常的五中隊早點名，值星官左手邊這一翼的部隊，會排兩個班，一班九個，都是步兵隊的人。正面部隊會排三個班，

也都是步兵隊。右翼部隊會排三個班，都是專軍隊。

　　不過步兵隊跑了一堆人之後，馬蹄型變得「左輕右重」，因為專軍隊來的人數和平常差不多，還是三個班，但是步兵隊抽走太多人，左邊和中間都只剩一個班。

（訪談人：你曾把這張圖給她嗎？或是給她什麼建議？）

　　給她也沒用啊，因為人數差太多。哦，她突然很小聲的問我，這樣要怎麼排。靠，我也不知道，我只能安慰她說反正中隊長現在沒來，現在快隨便點一點，不然等下中隊長來就糟糕了。她反而更緊張。

　　靠，我就不會安慰女生啊！老頭這時還打我一槍，很大聲叫我幫學妹排。老頭一講話，其他人都等著看笑話，一堆人都

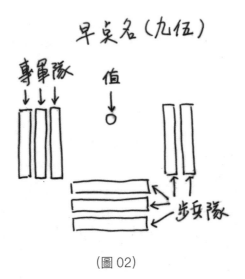

(圖02)

叫我代點。

（訪談人：所以你接手整理部隊嗎？因為當天早點名表單簽名的是你。）

哦靠，對啊，我當時真的腦洞，真的衝了。我對學妹說，妳不會帶的話，這場我先點，晚點名再換她。

靠，講到這我才幹，都是大家叫我幫她點喔，結果我真的說要幫她點，大家反而在那邊鬼叫說什麼：「幹！真衝真男人！」「叫你幫她排不是叫你幫她點啊！」之類的嘴砲。這些人都是翻臉比翻書還快。

但我也是講完才想到，我自己也沒帶過早點名啊！我才在想學妹會不會推辭，沒想到她馬上把專軍隊的人數報給我。我本本上還有寫，就是這邊的「專應34實22」。我還來不及回話，她又把點名簿塞給我，敬個禮跑了。

靠，我在大學當過無數次工具人，沒想到連女人這麼少的地方都還能當工具人，我真的很佩服我自己。

（訪談人：所以你立刻接手了嗎？）

對，不然咧。我一直轉頭看徐偉業，看他能不能幫忙出來帶。但徐偉業超賤的哦！他就雙手合十，意思是祝我往生西方極樂。這老頭的招數啊！

不過這時反而是老頭出來當救星哦，他教我怎麼排隊伍。

（訪談人：他怎麼排呢？）

哦。這邊是我事後的記錄。

他告訴我要「左翼放步兵隊9個，正面放步兵隊剩下的人加專軍隊13個，右翼放專軍隊9個。」

而且我手中還有這疊代代相傳的值星官祕籍。這祕籍當時就是破紙了，這是每任值星慢慢追加的手抄資訊哦，從槍哨的輪班方法，到中隊長喜歡吃隨緣素食泡麵都有。當然也有早點名的SOP。就是這張。

（訪談人：然後你照著點？流程是照這張嗎？可以照著流程重演一次嗎？）

對。我就照著點啦！我根本沒點過，所以照唸啊！加上老頭說的排法，整個流程應該是：

「五中隊注意！在看齊的時候，於我面前成講話隊型。左翼部隊，為步兵隊前9員，正面部隊，為步兵隊其餘人員及專軍隊前13員，右翼部隊為專軍隊其他人員。各部隊成9伍正面，以正面部隊排面班第5員為中央伍對準我，中央伍為準！想鐘刊～～七！」

就向中看齊啦。動令下了之後，大家很快的整理隊型。專軍隊一大半的人從右邊換到中間來，然後我右手邊一整排幾乎都是女生。我這時候才想到糟糕了哦，專軍隊一定以為我是故意的，故意讓女生站到最前面，但這明明是老頭叫我排的啊！

43

我接著下令「想錢～刊～！」就向前看。

啊，大概是這個時候，我看到隊部大樓那邊出現一個熟悉的身影，那怎麼看都是中隊長。如果能在中隊長抵達前進到實際點名，那會是由徐偉業來點，我也不會被中隊長狗幹。

接下來的進程是：「再看齊一次哦。中央伍為準！向中看～齊！向前，看。排頭伍為準哦，向右看～齊！向前～看！稍息，立正！聽口令！原地踏步！走！」

接下來是「唱歌答數」，是可以自由搭配的，所以我縮短，先是「一、二、一、二」踏步，再來個「雄壯威武」的精神答數，馬上接《軍紀歌》，然後就喊「早點名」，唱陸軍軍歌。

前面都很順，但是哦！陸軍軍歌我發音節奏唱太慢，大家就用唸經的速度慢慢唱，我就看中隊長走過三號道，走上草地，越走越近。歌唱完的時候，這時中隊長已經繞過隊伍，走到我左邊，問說怎麼是我在帶早點名。

很好的問題，但不知說什麼才會是最好的答案。我是點點點講不出話啦！可是徐偉業大腦轉得的很快哦！他說：「報告隊長，他們兩個值星官臨時交換今天的早點名。」

中隊長問：「說換就換喔？為什麼？」

他看我的表情像是看到草地上有大便一樣，我超怕被幹爆。但這時又是徐偉業出來救我，補充說：「楊德賓擔心明天早上結訓前沒機會練習早點名，所以今天先換過來。」

靠，完全是臨場硬掰哦！我只能為這位同學在心中猛力鼓掌。徐偉業果真是人中之龍！連瞬間虎爛都這麼合理！

但中隊長還是很不屑的說，明天早上我們還是要參加早點

名，因為現在私自亂換，所以明天早上還是我點。我連忙回答：「報告，知道了！」徐偉業怕露出破綻，也立刻請中隊長點名。

沒想到中隊長搖搖頭說不用點了。因為槍馬上要入庫，他要去軍械室開庫。我們參加早點名的人各自帶開，下去作業。說完連敬禮都不用，他就直接轉身走了。

哇哦！我心中根本在放煙火。我怕他反悔，立刻下令專軍隊值星官出列，各班隊自行帶開。這當然是祕籍上寫的台詞。

（訪談人：部隊解散時，你曾確認過人數嗎？）

沒有耶。反正這個時候我不用管專軍隊，只要管步兵隊。我們現在剩19個人，大多數是內掃或浴廁班的，所以讓大家回去整理環境。依我小本本上面寫的，解散的時間是洞六兩八（06:28），我要大家回去打掃，然後洞六四五（06:45）大隊部後方集合場集合上餐廳。大家也各自散步回樓。

哦對，這裡我抄了一點另外的東西。應該是徐偉業提醒我，要另外通知取槍的和外掃的吃飯時間。

（訪談人：你有立刻通知嗎？）

哦靠，好像沒有。因為徐偉業和我講話的時候，我看到學妹已經解散部隊，一個人在原地看資料。我還拿著她給我的點名簿，所以我過去還她。她是用雙手接下哦，很有禮貌的點頭說「謝謝學長幫忙！」這樣。一看就知道她還很菜，都用點頭的。

然後學妹說，因為早點名改成是我點，所以表單上都要改成我的名字。她很好心的把本子打開，用雙手撐著讓我簽名。

　　欸，老實說，遠看她真的是很正，近看她更是爆正。但我不敢多看耶，因為實在太近了。感覺都可以聞到香香的味道了。

　　哦對了，我很工整的在空格寫「楊德賓」兩次，結果她還問我：「學長叫楊德買呀？」

　　靠，完全看錯。我只好告訴她「我叫楊德賓。」學妹想了一下，然後笑到本子都拿不穩。欸，我覺得這次簽名是我此生寫得最工整的一次耶，妳們不是也有看到我早點名的簽名的文件嘛！這個學妹正歸正，但大腦好像不太正常。

（訪談人：你之後到用餐前，還進行過什麼任務呢？）

　　沒有做啥哦。我是和學妹一起散步回隊部大樓。一男一女總是尷尬啦，所以我問她為什麼來當兵。她說是因為家裡窮，畢業又找不到好的工作，還有學貸要還，所以考專軍班，大概是這樣。

　　她講話常會忘了加「報告學長」，就算穿迷彩服，走路的樣子也像是要去打漆彈的大學生，散仙散仙的。雖然我也是哦。

　　我們走到隊部前面的時候，取槍的人員已經回來，在排隊等著送槍入庫了。

（訪談人：你有注意他們的送槍狀況嗎？）

46

他們是一路從隊部大樓裡面的軍械室排出來，每人都扛了四、五枝槍，想也知道很重。他們進去的速度很慢，因為軍械室那邊收槍沒那麼快，會回堵。

　　我看到幾個其他中隊的小兵從大樓裡出來，想從這些送槍人員的身邊鑽過，就被我們的人痛罵「沒看到槍喔！」「滾啦！爛兵！」「看到長官不會敬禮喔！」之類的。

　　這些同學很喜歡幹人啦！我們掛了少尉以後，有些同學常會欺負低階的士兵哦。依我的個性，我是會退一步，給大家方便哦。但這些同學大概是因為一早被拉去做駝獸，心情不爽，看到誰都罵。不過這些送槍人員穿運動服，上面又沒軍階，小兵當然認不出來是軍官啊。

　　對了，這時候我發現學妹也沒軍階，是掛學生階哦。我問她為什麼專軍隊的有些人掛軍官，有些是掛學生。她說海陸的學長姊才是少尉，她們陸軍還要四個月才會掛階。

　　ㄟ？當時說四個月後，那現在她應該已經掛階啦！

　　對了，在門口的時候，我想起來要通知取槍人員吃飯，所以對大家喊說，「洞六四五後面集合進餐廳哦！」

　　講完以後，我和學妹從隊伍後方繞過進大樓。取槍人員擋住西側樓梯的走廊，我和學妹是走東側上樓。走到二樓時，剛好碰到徐偉業跑下來。

　　徐偉業說他要去軍械室找中隊長確認今天的上課裝備和集合時間，所以會晚點進餐廳，要我自己帶隊去。

　　後來到吃飯時間都沒什麼事。

（訪談人：你之後就和專軍隊的值星分開了嗎？）

　　我是一上樓就和學妹分開了。我先去東側廁所，但上完廁所出來，又剛好碰到從中隊長室出來的學妹。

　　她故意鬧我說為什麼要一直跟著她。我反嗆她說，女生怎麼可以這麼早來男生的大樓咧！因為女生好像是不能這麼早進來的，但又好像可以，我搞不太清楚。

　　學妹說這裡有女生的房間，所以她當然可以來，然後她故意站到女生休息室門口前面。反正她超故意的，握著女生休息室的門把說她要進去。她們規定男生在旁邊的時候，不可以開女生休息室的門，怕男生偷看的樣子，所以要我快滾。

　　但我想起來，好像隊上也規定說只有一個女生的時候，是不能進這一間，也是怕危險。所以我也吐槽她，要她最好留在走廊上。

　　啊對了，這時我突然被嚇到，因為我身後有另一個女生說：「專軍隊值星官，有男學員不方便的話，就先過來我辦公室。」

　　我轉頭一看，靠，居然是副中隊長。她不知道從哪邊突然跑出來哦！這下有點糟糕，公然把妹被逮獲。公務把妹被逮獲。

　　我馬上舉手敬禮說：「副中隊長好！」但學妹只敬禮，沒開口哦！而且表情超酷的。學妹好像不太鳥副中隊長，態度和對男生差很多哦。學妹說她要拿休息室中的餐盤，要進去休息室。

　　副中隊長沒講話，走到離學妹超近的地方，一直盯著學妹看，好像下一秒就要爆氣大開幹，然後又想起我還在場，所以

轉頭叫我離開。

　　哦靠，我當然馬上繞跑，脫離現場！這接下來鐵定是男子漢無法處理的狀況哦。我也不知道她們後來怎麼樣，反正我下去吃飯了。

（訪談人：你直接去吃飯了嗎？不是要帶隊？）

　　啊，對對對。

　　我是先回寢室拿餐盤，結果在寢室門口碰到老頭，他說我不用拿餐盤，因為值星官有人備餐，我才想起來值星官都不用拿，所以直接跑下樓到後集合場。後集合場靠餐廳，通常只有去吃飯時才會用那邊集合。

　　我到的時候人不多，只有幾個步兵隊同學在那邊等，有的蹲地上，有的靠樹林那抽煙。

　　有人告訴我外掃班好像以為和過去一樣是 6 點 50 集合，我才想起完全忘了他們，趕快打電話通知。我匆忙找外掃班的電話的時候，同學們還一直靠杯說我沒認真當官，一路在把妹之類的，有夠煩。等我完成聯絡工作，大家也自動整好四個班的隊型，我就直接帶走囉。

（訪談人：你沒清查人數嗎？）

　　沒有。吃飯通常不清的，因為先到先去吃，慢到的自己跟上。有幾個人是在我帶隊出發的時候才衝下樓，他們直接加入

49

隊伍的最後方。我覺得應該是那些送槍的人。

（訪談人：你們要特別帶隊去，是因為餐廳很遠嗎？）

我們一大隊的餐廳在隊部大樓北邊，但中間隔了另一棟二大隊的餐廳，我也不知道為什麼會蓋成這樣哦。我們要繞過二大隊餐廳去吃，然後五中隊在餐廳的位置，又是離隊部最遠的。這要怎麼說咧。

餐廳就像國小的體育館，裡頭也有司令台，大隊長會在司令台上面吃飯。司令台之外是各中隊用餐區，排了很多長方形的鐵桌，因為有五個中隊，所以排成五列，每列專屬一個中隊使用。一列有七、八張鐵桌，一桌可以坐十個人的樣子？坐哪桌是自由的，但不可以坐到其他中隊去。

取菜區靠兩邊外牆，有好幾個一般自助餐那樣的餐檯，我們是由餐廳班的同學們打菜，以免有些人吃太多，晚到的人沒得吃。不過因為國軍餐費太低，菜常會不夠吃哦。

（訪談人：人帶到餐廳後，隨即用餐？）

我們不是直接入場用餐的，會在餐廳外面再整隊一次，然後一路進餐廳，排隊取餐。別的中隊好像是自由入場哦，但我們五中隊還是新訓中心的感覺。

（訪談人：同學用餐有什麼狀況嗎？）

早上沒什麼狀況，正常排隊取菜。大家排隊打菜的時候，我看沒什麼事，就走去最前面的幹部桌坐。

那邊只有中隊長、副中隊長，還有兩個班隊的實習中隊長和值星官能坐。餐廳班會幫這六個幹部備好餐，直接放在桌上，就是體諒幹部的辛勞，讓他們不用排隊打菜。這也算是種幹部的尊榮了哦。

（訪談人：你在幹部桌時曾注意到什麼特別的狀況嗎？）

那時只有我到。我也不敢吃，像個呆子一樣坐在那邊。之前總覺得搶位子、搶菜很煩，現在不用搶，好像也沒多好哦。

第二個來的又是那個專軍隊的值星學妹，她已經逃出副中隊長的魔掌。她也是第一次來幹部桌，一樣搞不清楚狀況，她比我更膽小，連坐下來都不敢哦。

我說最前面的位子應該是中隊長和副中隊長，再往後應該是實習幹部都可以坐。學妹也覺得有道理，於是選我對面的位子坐下來，一坐下來就拿稀飯喝。我看她都吃了，也拿了一顆饅頭吃。

啊對了，有件事怪怪的。應該算你說的特別狀況吧。在吃飯的時候，我有笑學妹說，剛剛妳還要去休息室拿餐盤咧，但我們都是有人備餐的，不用拿。

不過她居然說：「我故意的。」

哦靠，我到現在都不懂她的意思是什麼。而且她講完還笑

出來。就這事最特別，除此之外我們只是一直吃。

（訪談人：其他幹部一直沒來嗎？）

都沒來。我當時也覺得奇怪，因為這時通常是要律定上課的穿著和集合時間，不然會來不及。集合時間一般是 7 點 15 或 7 點 20 耶。而且餐廳這些同學吃完會各自回隊部，要怎麼通知呢。

啊對了，我問學妹說，副中隊長剛剛還在隊部，怎麼沒和她一起來。她說副中隊長接到電話就下樓了。我這段記得很清楚哦，因為她講的時候翻白眼。還蠻可愛的，看左上邊這樣。

我感覺學妹有點討厭副中隊長，但這兩個人應該是當天早上，或前一天晚上才第一次見面吧？專軍隊是副中隊長去受訓後才來五中隊的，而副中隊長是受訓到昨天晚上才回來的，這兩個人之前應該沒見過面，當天早上才第一次看到吧？

才第一天見面就鬧不爽，也是很強哦！這兩個女人好像都比我年輕，但都比我難搞很多哦！

（訪談人：專軍隊的實習中隊長也沒來嗎？）

沒有。學妹也覺得奇怪，所以她也想打電話去問。她才拿出手機，我的手機就響了，我先抓起來講。學妹就一直看我，沒打電話。

哦，對了，我接的那通電話是徐偉業打來的，講的就是掉

槍機。

（訪談人：你還記得大概的對話內容嗎？）

嗯。大概。

我看來電顯示是徐偉業，所以一接起來就問他說怎麼沒來吃飯。他要我通知去取槍的那些人盡快吃完，回來中山室集合。不帶東西，也不講是要幹嘛。他聲音很小，代表身邊一定有「大人」哦！

我問說不用換裝嗎，他說不用換，反正叫人趕快吃完回來。我又問那其他沒取槍的人要幹嘛，他說：「在寢室等待進一步命令。」

我再問一樣不用換裝嗎？他還是說：「在寢室等待進一步命令。」

我還是很好奇，所以問他到底是發生什麼事。可是徐偉業沒回話。這時我注意到學妹也沒在打電話，是一直看我講電話。

徐偉業都沒講話哦！我都懷疑是不是手機斷訊，正要拿起來看的時候，徐偉業才說：「剛剛軍械室二清的時候，發現掉了一支槍機。」

靠。我真的直接罵了一聲「靠！」然後什麼都說不出來。二清就是清查槍枝的工作啦，早晚會各做一次。我也不知道為什麼叫二清，反正大家都叫二清。

接著徐偉業很小聲的補充說，應該是被幹走的，或是掉在路上了。上面正清查曾經碰過槍的人，所以先把人叫回來再說。

知情者都被管制在軍械室這邊。這消息不能外洩，尤其是碰過槍的人，所以通知碰過槍的人快回中山室。

　　說完他馬上掛斷電話。

（訪談人：你接到命令後如何處置？）

　　我聽完直接涼掉。哦靠，掉槍機這事超大條，我當時想的是，這說不定像老頭每次講得那樣，「這事不要緊，最嚴重就死掉而已。」

　　因為三中隊之前掉過一發空包彈，整個中隊每人罰寫一萬字悔過書才能放假。但五中隊現在掉的是槍機，比子彈大條十倍有找。槍機是槍的心臟耶，可以用槍機生出一枝真槍。我當時就在想，大家到底會不會被送軍法啊？

　　所以這到底會不會被送軍法啊？妳們來訪問這件事，是不是要送誰去審判啊？

（訪談人：據我瞭解，不會有人因本案被移送法辦，你再幾天也要退伍了，所以也可以放心。請回到當天當時的狀況，請問接到電話之後，你怎麼處置呢？）

　　我才剛掛電話，學妹立刻問我發生什麼事。因為徐偉業要我保密，這沒辦法回答，我馬上反問她來吃飯前，有看到其他幹部在忙什麼嗎。

　　學妹說她和副中隊長講沒幾句話，副中隊長就接到電話要離開，也叫她快去用餐。學妹走到一樓，本來要走前門去女生

54

住的大樓找其他女同學，但通往前門的西側走廊被排隊送槍入庫的步兵隊同學卡著，所以她改往反方向走，直接來餐廳。

她說那些人還故意用槍擋住她，可能是想和她玩什麼的。那些廢物的確很可能這樣做哦。因為她是正妹啊！

然後哦，她說她想穿過送槍隊伍的時候，有伸手撥開那些槍，可能她也想玩啦！但後面也都還塞滿人，所以她放棄穿過去，直接來吃飯。

哦靠！這代表連她也碰到槍耶！徐偉業有說，不能對有碰到槍的人講說掉槍機啊！靠，可是學妹一直問我，我實在想不出能講什麼，所以說我要去通知步兵隊的同學集合事項，然後我就逃走了。時間差不多剛好正是七點。

哦靠，我這樣是不是很卒仔？妳們女生會覺得這樣很卒仔嗎？

三，

他人的事
總是特別輕鬆

訪談形式：問卷訪談

受訪者：徐偉業少尉

主題：民國98年1月5日，07：00至08：00，軍械室前狀況
　　　與隊內初步討論。

（請先自我介紹，並以文字或圖表說明當天早上七點到八點之
間發生的事件。請盡可能詳述人數、時間等數字，若不太確定，
也請特別註記。）

　　我是九０四旅一營一連的少尉排長徐偉業，掉槍機當時我
是步兵學校一大隊五中隊預官步兵隊的實習中隊長。
　　以下是掉槍機當天七點到八點之間在隊部大樓發生的事件
回顧，大致上是掉槍機後的處理狀況。我以能確定的時間為標
題，而所報告的資訊，主要參考我所保留的實習中隊長手冊。
　　雖然貴台要求提供七點到八點間之間的資訊，但我從得知
掉槍機的左右的時間開始提供。

6:40

　　六點四十分，為了詢問上課命令，我抵達一樓軍械室走廊，
但被送槍人龍卡住，於是站在隊伍後方等待。等同學送槍完畢，

我走到軍械室門口旁，等中隊長清點槍枝完，再請示步兵隊的進一步命令。這時軍械室裡只有中隊長與步兵隊的正副軍械士同學。

我發呆時，突然聽到軍械室裡在吵，應該就是發現掉槍機的時候，但我一時之間沒聽出來他們是在講什麼。我靠過去聽時，大隊長正好也到五中隊的軍械室，我記得曾轉身對他敬禮。

大隊長是循往例來簽名的。他一進去，中隊長就向他報告少了一支槍機的事。我也是這時才確定和五中隊掉了一支槍機。

大隊長下令說要保持現場，軍械室裡所有人待在原地，不進不出，命令傳達都由手機進行。第一波的命令下達完之後，他和現場人員對錶，時間是六點四十八分。

06:48

大隊長打電話之後，不斷有人到軍械室外面報到，都是大隊部的軍士官。大隊長叫他們聯絡上級或武器管制室。因為都沒我的事，我被一直往外擠。

到場的幹部們在軍械室走廊這一區不斷的打電話。五中隊在走廊上的，還有副中隊長與專軍隊的實習中隊長，後者是海軍陸戰隊的少尉。雖然我們兩人都是少尉，也共事好一陣子，但我很少和他有公事以外的交流。當時他們兩人都一言不發的站著等待進一步的命令。

從我的角度，可以看到看到軍械室裡面。五中隊的這間軍械室約四五坪大，比新訓單位的軍械室還簡陋，大概是正方形，

靠走廊的這面是像監獄的鐵柵,只有一個小柵門可以出入,據說要中隊長和軍械士的兩把鑰匙一起使用才能打開,門鎖開關時警鈴會響,但我沒有實際操作過。其他三面牆上都釘滿成排的木製的槍架,五中隊的 65K2 步槍一把把整齊吊掛在上頭。

這時在軍械室裡的人,除中隊長外,還有一大隊的大隊長,我們步兵隊的正、副實習軍械士,總共四個人。中隊長和大隊長是坐著的,兩個同學以稍息姿勢站在一旁。中隊長前的地板上放了一把槍,已經大部分解,明顯少了槍機。

06:53

我接到中隊長命令,要求將早上參與取槍的人員都集中在中山室,並保持資訊靜默,不可告知他們掉槍機的事。我馬上轉達命令給在餐廳的值星官楊德賓。但我當時不清楚這些人被叫回來是要幹嘛,我有點擔心他們會有懲處,甚至是整個步兵隊或五中隊都被懲處。

同大隊的三中隊之前掉過子彈,最後每個人都受到嚴厲的處分,因此發現掉槍機當時,我曾經懷疑第二天是否能順利結訓,也曾和副中隊長有過短暫討論,而她保證不會有事。但因為實習中隊長這個身分,我仍認為如果最後找不到事主,那我大概會當爐主,出來扛這個事。

這時走廊上的人越來越多。這一側的房間是各中隊的軍械室,所以有其他要上課的中隊來取槍枝。除此之外,還多了一些應該是校部派來瞭解狀況的軍士官,大家低聲交談,不然就

是嚴肅的站著，氣氛越來越緊繃。

這時我手機突然震動，我嚇了一跳，結果是我媽媽傳來的訊息，我注意到時間是七點四分。

07:04

這時中隊長再次召我聽令。他問我軍械班的人是否都已經集合，我回答幾分鐘前已去電步兵隊值星官，要他把人叫回來到中山室集合。

中隊長又追問我是否律定取槍同學集合的時間，我這時才發現我先前漏講，我立刻道歉，並趕快打電話補救。所幸我打給值星官楊德賓時，他說因為我沒講集合時間，他已經自行律定洞拐么洞（07:10）集合，但他也沒辦法掌握所有取槍的人。

我掛斷後向中隊長報告說取槍人員已律定集合時間為洞拐么洞（07:10）。這時軍械室裡頭的人同時看了一下手錶。看到大家這樣做，我自己也舉手看錶。時間是七點七分。

07:07

接著大隊長叫副中隊長過來。副中隊長之前去受訓，掉槍機的前一天才剛回來。大隊長下令要副中隊長上樓去把取槍人員帶下來，再沿早上送槍路線找一次，看有沒有掉在路上。副中隊長敬禮後直接上樓去了，整個過程都沒看旁人一眼，沒什麼情緒，不難過，當然也不是開心。

60

當時幾乎所有人都還穿早點名時的運動服，只有她穿著完整的迷彩服，連迷彩小帽都戴上了，卻綁了高馬尾。也因為綁的太高，帽子戴不滿，從側面看過去，只是前低後高的斜放在頭上而已。平常這樣戴帽子就可能被長官唸，出這種大事還這樣穿，讓我有點驚訝。

接著大隊長要五中隊的兩位軍械士還是先留在這裡，但有問他們是否要上廁所。這時副軍械士王志豪舉手報告，說軍械士朱雲海發燒整晚到現在，可能需要後送。

步校說的「後送」，是送到很簡單的醫務所，再看要不要送出去真正的軍醫院。朱雲海本人沒講話，但看得出來整張臉都很紅。我前一天晚上已經知道他生病，本來打算等他早上清點完槍枝後安排他進醫務所，沒想到會碰到掉槍機。

大隊長叫朱雲海和王志豪都先拿板凳坐下，等校部處理完之後，馬上讓朱雲海後送。我猜朱雲海是得到流感。在步校，流感都會變得非常嚴重，步兵隊還有個同學因為流感轉肺炎，正在軍醫院留院觀察。

大隊長接著命令我和專軍隊的實習中隊長回去帶隊。大隊長要我把沒去取槍的其他同學都約束在寢室區，直到有新的命令。

我得到命令後立刻離開，回到五中隊時，看到中山室擠滿早上去取槍的人。有些人轉頭看我，問我發生什麼事，但我裝不知道，火速離開現場，躲進自己住的第一大寢。

我發現自己床上放了一袋饅頭，大概有四五顆。附近同學說是值星官楊德賓帶回來給我的，因為我沒吃早餐，就直接取

來吃。這時沒去取槍的同學也慢慢回來寢室，不少人來問我發生什麼事，或幾點要集合。我的對應的說法是：「我也不知道。我要先傳簡訊給我女朋友和我媽，以免她們一直追殺我。」我的「婆媳問題」是第一大寢的常識，大家不會多追問。

而吃沒幾口，值星官楊德賓進來問說取槍的三個班都下去了，可不可以公開。這時我看了手錶，是七點十四分。

07:14

我想起軍械室那兩個同學也都沒吃早餐，一個還發燒，所以我請楊德賓先拿饅頭下去軍械室給那兩個同學。楊德賓於是拿著饅頭離開。

在楊德賓下去時，還是有一些同學來打探消息，但我都是用前述理由簡單帶過。我這種實習幹部是吃力不討好，同學把我當「上面」的人，上面又把我當個「下人」。幫哪邊講話都會被另一邊公幹，所以我儘量不講話。

07:21

楊德賓完成送餐任務，回來寢室時間是七點二十一分。他這時帶來大隊長的口令，說可以對同學說明狀況了，因為那三個取槍的班已經被副中隊帶去找槍機。從我們這棟大樓開始，沿著早上走回來的路線一路找往武管室。

我於是叫楊德賓傳令給還在隊部的步兵隊同學，七點三十

分在中山室集合，統一宣布重要事項。

07:30

七點三十分，步兵隊的剩餘人員已在中山室集合完畢。大家都還穿著運動服，雖照所屬班別排列，但基本上是隨性席地而坐。扣掉去找槍機的 28 個人，還有 2 個軍械士，1 個後送，實到該有 37 員。我下令叫各班報一下人數，經回報後現場的確是 37 員。

接著我對同學簡單說明狀況：「各位同學，今天早上槍枝二清的時候，軍械士發現掉了一支槍機。現在早上取槍人員都已經被叫去找槍機。」

在場同學們有點意外，但很快就開始爭論掉槍機的可能原因。我現場速記下來一些內容，加上現在還記得的部分，大概整理為以下的四種說法。

第一種說法認為槍機是被偷的，嫌犯是武管室的人。

武管室是武器管制室的簡稱，元旦連假時集中存放步槍的地方。很多人認為槍一拿回來就發現掉槍機，代表是前一手，也就是武管室的人偷的。我印象中軍械士朱雲海也認為可能是武管室的人偷走的。

反對這種說法的人認為，取槍回來時會檢查槍枝的狀況是否正常，如果少了槍機，那時就該發現了。

但認定是武管室偷走的人說，大家平常取槍時也不會認真檢查，所以有可能在檢查時漏掉。反對這種說法的人則主張武

管室沒理由偷我們的槍機。

　　但支持這種說法的人認為，可能是武管室自己也掉槍機，所以偷我們的來補，又或是之前我們隊上同學陳運財曾經調戲武管室一個叫婷婷的下士班長，所以他們報復我們。但陳運財本人認為這也不太合比例原則。

　　第二種說法是認為走到一半掉了，這是當天的值星官楊德實提出的。因為有些槍很爛，槍身已經快解體了，如果卡榫或插銷鬆脫，槍機可能隨時會掉出來。

　　有同學補充說，送槍去武管室寄放的時候，軍械班怕武管室有意見，已經把原本纏著的膠帶和綁腿拆掉，這樣走回來時，槍的確可能會走一走分解。

　　但反對這種說法的人認為，背槍時如果槍散掉，送槍者很難不知道，後面的人也會看到。槍機要掉出來，需要整個槍身都打開、對折，槍背帶會鬆掉，背的人馬上會感覺到。

　　而支持這種說法的人說，現在沿路去找，代表上面認為是掉出來的。反對者認為，上面只是死馬當活馬醫，先試著找看看，但鐵定找不到。

　　陳運財說，掉槍機的人可能正好是走在最後面，背到一半槍分解了，結果走回來才發現，又不敢往上報，於是匆忙把槍結合回去，少了槍機也在那裝死。但這種可能性比較低，沒人支持他的見解。

　　第三種說法認為是偷的，不過是被自己人惡意偷走了。比較年長的同學鍾敏嘉認為一路上都沒人發現，直到二清才發現，

那一定是刻意偷才能辦到，很可能是取槍同學之中有人默默偷走的。

他說一般的刑案可以分成情殺、財殺、和仇殺，所以偷走槍機，可能是為了女人，也可能是為了賣錢，或是要殺人。

大家都認為不太可能是偷來討好女人，因為普通女生不知道槍機是什麼。鍾敏嘉認為也不太可能賣錢，因為找不到市場。但可能是為了殺人，因為槍機帶出去，找人改造一下假槍來裝上槍機，就是一枝能殺人的步槍。

接著大家討論偷了之後要怎麼送出去外面。有人說，只要撐到明天結訓，就能和大包小包的行李一起送出去，因為一般放假出去也沒檢查。但也有人認為，掉槍機後我們出去搞不好會被搜身，甚至馬上就被抄家。這點倒是猜對了。

陳運財說，可以用布把槍機包著，用力丟出學校圍牆，結訓後出去揀。上次同學弄照相手機進來，正是這樣丟進來的。

這時鍾敏嘉說，要偷槍機不見得是要帶出去，隨便找個草地埋掉也可以。如果是這樣，那這小偷鐵定是要陷害中隊長，因為三中隊之前掉子彈，是他們的中隊長出來扛，那我們掉槍機，理論上會是我們中隊長出來扛。所以這個小偷可能是很恨中隊長的同學。這個說法比較多人支持。

第四種說法是被偷的，理由是為了整我們。

這是陳運財提出的，他認為可能是惡作劇，是中隊長和副中隊長一起演戲，把槍機偷走，想在最後一天玩我們。因為國軍很愛玩這種掉東西嚇死人遊戲，在成功嶺新訓時的連長也曾

偷走我們的十字鎬，然後罵我們一頓。

　　但反對這種說法的人認為，當時連長偷走五分鐘就還了，而且那是對不重視裝備保管的新兵，現在大家都多老了，不太可能玩這一套。我個人也反對這種說法，掉槍機時我在軍械室外面，中隊長的樣子很慌張，他應該也被嚇到了，所以應該不是幹部故意偷的。

　　鍾敏嘉接著說，大家都和副中隊長不熟，不知道她是什麼個性，也可能偷偷來這種招，讓我們在最後一刻皮拉緊。這時鍾敏嘉也補充說，他早上水電管制時段看到我、楊德賓和副中隊長曾偷偷講話。對於這個質疑，我有解釋早上和她溝通是要確認課程和勤務。

　　鍾敏嘉還是懷疑副中隊長，他問我有沒有看到副中隊長知道掉槍機後的表情。我說副中隊長來到軍械室外沒一兩分鐘，就發現掉槍機了，但因為她在我後面，所以我沒看到她當時的表情。

　　可是楊德賓轉述專軍隊的值星學妹的說法，副中隊長是接到電話後匆忙下樓的，所以應該是掉槍機後她才下去的。這和我講的矛盾，大家又吵了起來。

　　為了釐清疑點，大家決定整理時間順序。我說軍械室發現掉槍機，大概是六點四十八分之前一點點。因為大隊長下第一個命令的時候，現場對錶是四十八分。

　　楊德賓說，副中隊長在樓上和學妹講話，大概是四十四分，因為是吃飯集合前。他轉述學妹的說法，之後副中隊長和學妹講沒幾句，隨即接到電話下樓了。

所以時間接得起來，副中隊長應該是四十六或四十七分到一樓的，下去沒一分鐘就發現掉槍機。這樣副中隊長在當時的移動會比較合理。

但這時楊德實說，學妹和副中隊長分開後，學妹是從西邊的樓梯口下樓，但碰到我們送槍的人，所以到四十六，甚至四十八分都應該還在送槍，而送槍完才會二清，才會發現掉槍機。

這說法和我的說法對不上，大家又開始吵。但我很確定發現掉槍機的時候已經送完槍了，所以不是我時間記錯，而是學妹說謊，不然是楊德實聽錯。

而陳運財這時出來做證，他說是學妹在說謊，因為陳運財去吃飯的路上，正好在三樓碰到學妹，然後跟在她後面，一路偷看她下樓。他說學妹根本沒往前門走，而是直接往後門走，去餐廳。

我認為陳運財的證詞是可信的，因為他平常都很注意女性士官兵。這並不是我誇張的描述，貴台可以去詢問我們步兵隊的其他同學，大家都很清楚陳運財會把女人放在最優先。

07:44

討論到一半，我接到中隊長的電話。中隊長對我下的命令是：「現在時間洞拐四四（07：44），五中隊現有人員洞拐五洞（07：50）大隊部前方集合場集合完畢，前往後山金湯村上課。著全副武裝，Ｓ腰帶，防毒面具攜行袋，下來到集合場一人一把

65K2，上刺刀。刀槍已請專軍隊準備好在集合場。立刻開始動作。」

　　我轉發命令後，同學隨即離開中山室衝回寢室著裝。準備時間只有六分鐘，但大家都已經把自己的穿搭模組化，像是把褲子套入軍靴裡，迷彩上衣別好識別帶和哨子，褲子也繫上迷彩腰帶，吊掛裝備用的S腰帶也套上了水壺和刺刀繩。要著裝時先穿褲子，腳伸入鞋，穿上衣，戴鋼盔，S腰帶於腰間一釦，在右腳側綁上防毒面具攜行袋，背起已套上折疊童軍椅的書包，兩分鐘內即能完成全副武裝。所以六分鐘非常充足。

07:50

　　因為出了掉槍機的大事，所以這次集合大家都準時到位。其他中隊都已出發上課，整個集合場中只剩五中隊的專軍隊與步兵隊。而專軍隊比我們早下來集合，我到集合場的時候，專軍隊正好下令出發。

　　專軍隊的值星學妹走在隊伍左方，帶隊行進。因為在中山室才討論到她說謊的事，所以我特別注意她的行動。她叫徐眉雲，我們同學中有很多人喜歡這位學妹，通常稱她小楊丞琳或小可愛。

　　我看著她帶隊離場，本以為她不會注意到我，但學妹行進中卻突然回頭對我笑。我立刻舉手回禮，因為這天步兵隊上課用的刀槍是專軍隊代為整備，身為步兵隊的幹部，當然應該代表致意。

　　但學妹只是看著我笑，沒回禮。她就隨著隊伍前行，右彎

而別過頭，值星帶尾的綠穗微微甩起，就這樣離開了。

後面的事，我沒有留資料，印象也不太清楚。
以上是當天七點到八點之間的記錄。

（本記錄爲受訪者於規定時間內自行謄打）

四

，

相殺總比相愛
更能振奮人心

訪談形式：電訪

受訪者：朱雲海少尉

主題：民國98年1月5日，08:00至09:00，軍械室、中山室討論，與大地震。

（訪談人：我們接著就進入錄音的階段，請先自我介紹。）

呃，報告，我叫朱雲海，現在是負責看大門的少尉排長。在步校當時是步兵隊的實習軍械士，就是軍械班的班長，負責管理槍枝。

（訪談人：請問八點整，其他人出發去找槍機時，軍械室內有什麼值得一題的狀況？）

長官妳是要問早上八點以後嗎？那時槍機已經掉了啊，我應該是在軍械室裡面吧？八點以後有什麼重要的事嗎？八點我都快昏倒了，所以我也搞不太清楚。

（訪談人：你能想起什麼就講什麼，我會盡量不講話，以免干擾到你。）

報告是。呃……八點的時候，應該大隊長和中隊長都先離開了，軍械室只剩我和王志豪在看家。王志豪是副軍械士，我們同學都叫他饅頭哥，因為他很愛吃饅頭，哈哈。他好像很肚爛這個綽號。

八點我應該已經吃完早餐。我們兩個沒辦法去餐廳，是在軍械室裡面吃值星官送來的饅頭。不吃還好，吃了更想吐。當時我在發燒。饅頭哥在旁邊發呆，剩下的饅頭都被他吃掉了。

（訪談人：所以八點當時，你的身體狀況已經非常差了？）

長官，如果不是掉槍機讓我腎上腺素飆高，我可能早就倒了。

我從前一天晚上開始發燒，本來那天早上想申請全休的，但因為二清的時候發現掉槍機，所以到八點都沒辦法離開軍械室。

我前面還是用站的，連椅子都沒得坐，但後來大隊長讓我坐板凳，我就閉目養神。所以真的沒看到什麼狀況，只有聞到臭味。軍械室裡一直有槍油和 WD40 的味道，我待了三個月也還是聞不習慣，發燒之後更覺得那個味道會催吐。

（訪談人：如果八點之後的事你記不太清楚，那可以往前後拉長一點時間，從你還記得清楚的部分來回想。）

嗯，報告，我現在還記得的，就是自己從軍械室裡面看出去的那個 view。軍械室的門是監獄的那種鐵柵欄，看得到走廊

72

上有誰。真的很像監獄。當時雖然門沒關，但從早上六點多到八點，已經被卡在裡面快兩個小時。

還要再往前回想的話，往前都是發燒，很不舒服。我放假時應該已經發燒，但一直打電動，所以沒注意到，走進營門才突然感覺快升天。一般回營區都會覺得很肚爛吧，但那時真的覺得爽爽的，感覺快飛起來，大概那時就燒得很嚴重了。

新訓中心都會量體溫，步校收假時也會，但後來是越來越混，我那次回來也沒量，所以我也不知道自己燒到幾度。

收假的那段記憶很模糊，整個晚上發生什麼事都記不太清楚了。是從發現掉槍機的那瞬間才有印象的。心臟一縮，就醒了。腎上腺素吧。

（訪談人：可以說明發現掉槍機的經過嗎？）

報告長官，不是我發現的，是饅頭哥發現的。王志豪發現的。

送槍的同學把槍掛在牆上後就出去了，我和饅頭哥就把防塵蓋打開檢查槍機。我是直接撥開架上每一把槍的防塵蓋來看，饅頭哥是習慣把槍拿下來，再打開防塵蓋看。

掉槍機是他發現的。他就突然舉著一把槍，說這把槍的槍機不見了。

早上我也一起去取槍，所以饅頭哥發現掉槍機後，我就在回想整個流程是不是有什麼沒注意到的地方。但我想不起來。不是整個流程沒問題，而是大腦一片空白。像夢一樣。是到發

現掉槍機，才「叮」一聲回到現實。

　　饅頭哥告訴中隊長之後沒多久，大隊長剛好來簽名，中隊長也立刻報給大隊長。然後他們就去處理後續和找槍機了，我們兩個是一直被管制在軍械室裡。

（訪談人：你們是什麼時候離開的呢？）

　　報告，應該是八點多，但我不知道是八點幾分的時候。

　　大隊部來一個班長，通知我們要回去五中隊，到中山室去報到。他說出去找槍的人都回到中山室了。沒找到。

　　這讓人有點脫力啊。本來就很沒力了。我只能扶著饅頭哥的背站起來，慢慢走出軍械室。走廊上站了兩個背槍的志願役士兵，另一個軍官在前面守著。他們說是大隊部派來看守軍械室的。我的軍械室鑰匙也被他們拿走了。

　　我推著饅頭哥往前走。忘記是在走廊還是上樓梯的時候，我聽到外面有部隊出發的口令，是我同梯一個姓楊的聲音，我們都叫他天天，他是那天的值星。這些沒去取槍的人八點多才出發去上課，應該也是被掉槍機的事情拖到。

　　我也發現要我們回中山室的那個班長一直跟在我們後面，應該是來監視我們的。別人當然會覺得我和饅頭哥的嫌疑最大，但從我和饅頭哥的角度看過去是完全相反，其他人都可能是賊啊！

　　到了中山室，除了我和饅頭哥以外的同學都坐在地上。我們兩個請示入內後，在最後一班的排尾入座。

中山室前面站著一堆官，有中隊長、副中隊長、大隊長，還有一堆不認識的校部高官。最大的好像是參謀主任，他請我們兩個人對其他的取槍同學說明發現掉槍機時的狀況。

（訪談人：你們當時講的，和你剛剛說的一樣嗎？還是更詳細？）

不好意思，長官，我連我剛剛講的都不太確定了，哪想得起來當時講什麼。

呃，長官，讓我想一下。

嗯，在中山室的時候，應該是饅頭哥先起來發言，因為是他發現掉槍機的。他說早上在二清的時候，在檢查槍機時，他一把一把拿起來看，看到一個槍位上的槍少了槍機，他轉頭對中隊長說：「報告中隊長，這把槍的機機不見了！」

我想起來了，他是講「機機」不見了，所以很多同學在偷笑。但長官們都裝成沒聽到。

饅頭哥說，中隊長馬上下令在軍械室裡面找看看。找了一圈，當然沒有。這時大隊長也來進行二清，中隊長立刻跟大隊長報告說槍機掉了。大隊長於是說：「幹，不要搞我呀！」

饅頭哥是真的這樣講耶。同學又都在偷笑。饅頭哥這個人講話就是很直接，他都不覺得會怎樣。

（訪談人：長官曾要求你說明你看到的狀況嗎？）

有，參謀主任接著就問我發現掉槍機的狀況是不是和饅頭哥說的一樣。我覺得沒什麼好補充的，所以只回答「是」。參謀主任又叫我以軍械士的角度，說明今天早上去武管室的整個取槍流程。我現在想不太起來當時講了什麼，所以就……。

　　嗯……當天早上六點多，副中隊長帶我們到武管室，我們排隊一一進去取槍。取出來後，我們在武管室外面做槍枝報數，清查數量無誤，然後帶隊回來，送槍入庫。沿途都沒有異狀。我大概就這樣講吧。

　　參謀主任又問說，在武管室外面清點槍枝時是否曾清查槍機。

　　我說，背槍出來在武管室外面列隊的時候，副中隊長曾經叫我們打開防塵蓋看裡面有沒有槍機。當時大家都沒有異議，但同學們有沒有打開來看，我也不知道。

　　參謀主任還問有沒有做槍機報數。我說沒有，因為一般都不會做槍機報數，只會下檢查口令。

　　對話大致是這樣。應該還有一些其他的，但想不起來了。

（訪談人：長官聽了之後有什麼進一步的調查或詢問嗎？）

　　他們好像是直接有結論。參謀主任聽了一堆長官的建議之後說，他們推敲槍機是在早上運送的過程中掉的。但聽到他這樣講，我馬上舉手表示異議。

　　可能是發高燒吧，我當時超有種的，平常一定不敢舉手。但參謀主任人不錯喔，他讓我起來講話。可能因為我是軍械士

吧。

　　我說，我們早上去取槍的時候，天色昏暗，而且副中隊長下令檢查槍機時，同學們也不是很積極，因為過去都沒碰過少槍機的狀況，所以可能那時候槍機就掉了或少了，但沒檢查出來。反正我的意思是，錯不在我們身上，應該是武管室的人偷走或弄丟的。

　　參謀主任回答我說，取槍時應該在現場確認無誤後簽名，副中隊長也已經簽名了，代表五中隊已確認每枝槍都是完整的。除此之外，也看不出來武管室的人為什麼要偷槍機。所以他還是認定掉槍機的責任是在五中隊身上。

　　長官！妳知道為什麼我這一段記得那麼清楚嗎？

　　因為我這時看了一眼副中隊長，但她面無表情。她就站在參謀主任後面，好像這一切根本不關她事。就算參謀主任都講到她了，她還是一點反應都沒有。我當時也覺得奇怪，簽名的是她呀！怎麼會這樣冷靜呢？

　　我當時想過，這會不會是她要整我們，所以偷走的，之後再拿出來還？那這樣她就不會怕。

　　可是我們和她無冤無仇啊？她才剛回來耶？她是剛受完訓回來的。還有一種可能，就是中隊長派她來整我們，兩個人合謀。不過發現掉槍機時，中隊長是真的很緊張，不像是演的。

　　中隊長的腦子還蠻直線的，不太會演。所以我認為除了武管室之外，還可能是副中隊長偷的，偷的理由我就不知道了。

（訪談人：你覺得副中隊長的態度很奇怪？）

報告是。後來我想，是不是因為她沒碰到槍，所以就當沒自己的事。她好像從頭到尾都沒碰過槍。

雖然我不太確定，但在我早上取槍時的印象中，她好像沒碰到過槍，只是用看的。這或許是她的護身符，碰到槍的人才會有事吧？但她要怎麼證明她沒碰到槍呢？這也只有我們看到啊。

而且明明簽名的是她喔！最後負責的卻是中隊長。主任說簽名的要負責，可是中隊長也沒碰槍，也沒簽名，最後也是他出來負責，這邏輯到底是什麼？我想了半天也是一團亂。當時很亂，現在還是不懂。

（訪談人：參謀主任接著做出什麼處置？）

報告，參謀主任應該是下令要五中隊在外面的人都回來，連專軍隊都叫回來。雖然專軍隊和掉槍機沒什麼關係，但也一起叫回來。

在等人回來的時候，參謀主任問有沒有要補充的，我又不客氣的舉手了。我說報告主任，取槍的三個班都坐在這邊，為何不隔離一個個問？像我們兩個軍械士剛才就被隔離很久啊，就只是坐著，也沒問我們，不知道是在隔離什麼。

參謀主任很快否決我的提案。他說這樣做是把同學當賊看了，他們相信大多數同學，甚至所有同學都是無辜捲入這個事情的。

就這個說法來看，我還蠻佩服參謀主任。雖然這主任老是搞不定步兵隊的伙食，但至少在掉槍機這事上還蠻像樣的。

（訪談人：除此之外，你和參謀主任還有其他進一步的溝通嗎？）

　　啊，長官，還有哦。在等大家回來的時候，我腦子可能燒壞了吧，又舉手問校部有沒有測謊器。參謀主任還是強調大家想講就講，不想講他們也不會勉強。

　　我現在覺得這主任真的是很正派的軍人。嘴巴很屌的軍人我看多了，但能撐著不破功的人很少，這個參謀主任就是少數能說到做到的。除了伙食以外。

（訪談人：你們一直坐著等到大家回來嗎？）

　　報告是，一直等。啊，後來政戰主任有來。我們放假時的離營宣教會碰到這個人，但都是遠遠看，從來沒這麼近看過。

　　他來的時候，因為有幹部出來報說「政戰主任到！」所以同學立刻從地上彈起，立正站好。我本來以為他會像參謀主任一樣「賜座」，但沒有。他根本無視我們這些小少尉，只和參謀主任小聲講話。

　　看兩個人表情和動作，我覺得現場主控權已經交給政戰主任，所以這表示「情治單位」要接手了。

（訪談人：所以參謀主任離開了？）

報告沒有喔！他一直都在。他曾經走出中山室，在外面走廊打手機，講話畢恭畢敬，八成是打給校長。也可能是打給記者。但依部隊編制，一向是政戰主任對記者吧？如果掉槍機的事被記者知道，那就麻煩了。我自己是新聞系的，知道這有多麻煩。

（訪談人：政戰主任接手後做了什麼呢？）

長官，政戰主任只是一言不發的站在那，盯著大家看。我很不爽，他以為我們會害怕這種玩兵的方法喔？或許是因為身體不舒服，我越想越火大，也是瞪著政戰主任看。我認為自己的眼神沒輸啦。但也沒贏。

（訪談人：這樣耗了多久？）

報告，很久，一直到專軍隊回來。喔對了，在專軍隊回來之前，參謀主任有揮手要我們坐下。他真是個好人。

我印象中是專軍隊的人先回來，他們是全副武裝，在我們步兵隊的後面排排站好。

參謀主任對他們說，因為五中隊早上掉槍機，清查過後還是沒找到，所以請他們回來配合找槍機。他們先在中山室後面置槍，然後卸下鋼盔，坐著等。

他們早上有取槍，是我被關在軍械室裡面的時候，他們的軍械士帶人來取槍。他們還幫步兵隊取槍。時間大概是七點多的時候吧，我們步兵隊的軍械班出去找槍機的時候。

　　專軍隊這天的值星是學妹，而且是很多同學很哈的那小楊丞琳，她本名叫什麼我不知道。她就站在我正後方兩三步指揮。她很菜，應該要先置槍再脫盔，但她把順序搞反了，被他們的實習中隊長臭罵。我們同學都叫專軍的實習中隊長是臭臉哥，他臉永遠都很臭。

　　等專軍隊搞定，沒兩分鐘步兵隊的其餘人員也都回來了。他們都有持槍，也接到了置槍命令。這些同學已經知道掉槍機的事，也知道被叫回來絕對沒好事，都是一臉死人樣。

　　置槍完，參謀主任下令大隊部派出兩個槍前哨，幫我們看著中山室後面的槍。我們軍械室裡面的槍和取出的槍都已經被外人接管，那就代表五中隊的所有人員都要被「抽走」。

　　接著外面進來一個軍官向參謀主任敬禮，報告說「人已到齊」。我這時才看到中山室外頭的走廊上都站滿了幹部。都不是有印象的臉，是校部支援過來的人力。

（訪談人：所以接著是俗稱大地震的全面內務檢查嗎？）

　　欸，長官妳知道有大地震喔？中隊長要五中隊所有學員到床前就定位，聽床位前的幹部指示。我們就全部回寢室，還不知道要幹嘛，然後就突然進行「大地震」，弄得亂七八糟的。

（訪談人：大地震實際進行的狀況是？）

　　就是要我們把東西全部都翻出來，什麼都翻出來檢查。欸，這過程也要講？

（訪談人：請盡可能的說明你所看到的狀況。）

　　喔，報告長官，這很複雜耶，順序我有點忘了。

　　我們回到床前，然後四個人排排站。我們寢室的一個床組上下鋪總共有四個人睡。每個床組都來了一個志願役士官，來監看的。我這組是個中士班長，他也立正站在我們面前。一對四，那中士比我們還緊張，大概因為我們四個都是少尉。

　　有個上尉探頭進寢室，下令進行內務檢查。同學就打開置務櫃，在來監視的幹部面前把櫃子裡的東西都拿出來，能開的全都打開，裡面的東西都拿出來、倒出來。檢查完的個人用品，全放床前地板上，先不整理。負責我這床的班長說，這就是軍教片演的「大地震」啦！

　　啊，我想起來正確的順序了，那，長官，我再講一次哦！

　　那個進來的上尉，要大家依他命令操作。每個人都聽他的命令，先拿起棉被，攤開，雙手持短邊高舉，在各床負責的班長面前抖動。我也把摺好的豆腐干棉被拆開，抓著一端舉起來，然後在那班長面前抖一抖。

　　那上尉又下令說，棉被看完先扔在寢室中間地上。大家有點遲疑，不過我看遠處有人扔了，其他人也都一一扔出來。國

軍就是這樣，有人做，就一堆人做。有人髒，就一堆人髒。

棉被抖完後，接下來好像是抖蚊帳、枕頭。也都是抖完扔地上。接著是床下的臉盆、鞋子，全從床下拖出來，看還不夠，還用倒的，全倒在地上才行。鞋子也是要求主人自己伸手去掏一圈，掏給那班長看。

牙刷、肥皂也都丟在地上。床下的黃埔包和結訓裝東西用的背包，都拖出來，已經收好的要帶回家的東西也是一項項挖出來，看完同樣亂扔在地上。

接下來是內務櫃。從上方是鋼盔，防毒面具，S腰帶，刺刀，看過後，也是全扔地上。內務櫃打開，裡面的衣物一件件的攤開，抖，然後扔往走道的小山。內衣褲也是。最下層是文具小物，瓶瓶罐罐，一樣也是打開來，抖、倒出來。

有同學帶了一罐維它命，那班長不敢要他倒出來，倒出來等於是全沒了，只看一看這樣。上面在下「倒出來」的命令時，大概也沒想到這有多蠢。

他們還抬起床墊檢查，上下鋪都掀過了。還有檢查床架，是叫班長用踹的，踹了好幾下，大概是想看有沒有黏在看不見的地方。

我們這床結束的時候，我有點腿軟，所以靠著床柱休息，饅頭哥看到了就伸手壓我的肩膀，意思是要我坐下。他都是不待命令自行動作的。不過我還是坐了。其人沒事的人也一一坐了。坐著等全部結束。

（訪談人：你曾注意到有什麼特殊的東西被清查出來嗎？）

報告，我坐下來的時候，看到地上很多違禁品，像是相機、照相手機，還有記憶卡的卡盒；是透明的，可看出裡面是有記憶卡的。這些設備都不能帶進來，帶進來是會被「洞八」的。

　　但現在都沒人要管，抓到了也沒假可洞八，因為大家第二天結訓。這「大地震」的目標只是挖出槍機，所以翻出這些東西雖然很尷尬，但負責班長也只是笑一笑。

　　最後是簡單的搜身。現在國軍未經同意，都不能碰觸任何人的身體，所以那班長畢恭畢敬的取得我們的同意，才簡單摸了身體兩側。也是隨便摸摸。

　　啊，我們在檢查東西的時候，我看到一個士官長翻窗出去，沿著窗外露台找槍機。這蠻危險的，因為那露台只是個小水泥塊，又年久失修。當然還是一無所獲。

　　還有大家在床邊發呆的時候，我斜對面的徐偉業一直在那拼命按手機。應該是在傳訊息給老婆和老媽吧，他永遠都在幹這種事，我們都笑他是「就算再忙，也要陪妳傳訊息」。不過現在被抄家，啥都不能幹，也只能幹這事了。我想，他也可能是擔心第二天不能準時放假出去，會被老婆或老媽痛電。他很怕媽和怕老婆。

　　這個大地震開始時很熱鬧，但結束零零落落。那些班長是各自走出去，下命令的上尉也不見了。因為都沒外人，有同學自己動手收拾，我也加入整理。都快收完，才有個士官長探頭進來叫我們先別收了，全回中山室集合。

（訪談人：中山室有什麼新的狀況？）

報告長官，等我飄回中山室，才知道其他寢的步兵隊和專軍隊都已經被叫回來，只有第一大寢的人像是棄民，到清查人數時才想到我們。大家的心情不錯，還有同學說：「連大地震都玩到了，兵沒白當。」

　　不過我想專軍隊一定很不爽，東西不是他們弄丟的，但他們也要一起大地震。我們同學很多人自認是人生勝利組，專軍隊都是找不到工作的學店學士，但在我印象中，好像都是步兵隊在拖累專軍隊。

　　啊對了，專軍隊的值星學妹是最後進來的。她要進中山室的時候，在走廊上被拉到一旁。是直接拉她手硬拉走的哦！我有說過軍人不能碰身體的吧！所以我有注意看是誰在拉她，但是被窗戶的毛玻璃擋住了，我只能看到頭頂的部分，好像是個綁尾的女軍官把她拉走的。可能是副中隊長，但沒辦法確定。

　　學妹脫身後馬上入列，是最後一個進中山室的五中隊學員。正妹嘛，所以男生總是會比較注意。

（訪談人：中山室的兩個主任是否有什麼指示？）

　　報告，後來只剩參謀主任，政戰主任不見了。參謀主任道歉說造成大家的麻煩，雖然還是沒找到槍機，但本案到此為止，大家今後不要放在心上，懲處令只會下到中隊長，不會列入我們服役的記錄。

　　之前我還想過，這可能是中隊長為了整步兵隊搞出來的，但最後最賽的反而是中隊長。那到底是誰幹的？真是不小心掉

的嗎？而且簽名的是副中隊長，為什麼是中隊長出來扛？

　　這時我們步兵隊的老頭舉手問參謀主任，為什麼不往武管室的方向去查；他認為在五中隊找不出來，那可能是武管室的人偷的。

　　老頭是比較老的實習幹部……欸，他好像不是幹部，但大家都把他當元老院這樣，經常以他的意見為主。

　　他的問題和我之前問的差不多，但因為我問的時候，他還沒回來。參謀主任就把對我說的理由再對老頭說了一次。反正主任不認為武管室有偷。

　　這時我比較想追問，為什麼不是副中隊長來扛。但我又想到，去武管室取槍時，中隊長也有來，他是在旁邊看，所以說要他扛責任，也是沒錯。但中隊長明明有空過去，為什麼不自己帶隊、簽名，而是站在旁邊看？是要讓副中隊長練習，還是要婊她？最後卻婊到自己？太多不合理了。

　　呃，反正那個參謀主任講完立刻離場，來去一陣風。

（訪談人：參謀主任離開之後，還有什麼狀況嗎？）

　　長官，欸，不好意思，這一段我記不太清楚，好像是我們的值星官出來下令要大家快回房整理內務，然後再來中山室取槍，準備下去集合。找不到槍機，還是要上課。

　　大家都跳起來動作，我也一樣起身趕往寢室。但我才走了兩步，就感覺饅頭哥走得好快。我想追上他，就用力踏出左腳，但右腳卻拖不動，直接跪下來。

專軍隊的值星學妹正好在我右邊，她伸手抓我，但力氣太小，沒辦法拉住我。我就左肩膀這邊直接著地。很痛。

　　這是當天我記得的最後一件事了。

五，
風聲雨聲讀書聲
都不入耳

訪談形式：電訪

受訪者：吳俊龍少尉

主題：民國 98 年 1 月 5 日，09:00 至 10:00，整隊行進與演
　　　習課。

（訪談人：請自我介紹。）

　　報告！我是少尉吳俊龍，現在是旅部連的排長，平常幫忙
各參謀處理業務。我拿到博士學位才來當兵，所以直接是預官，
新訓在成功嶺，然後在成功嶺抽到海軍陸戰隊。

　　我二階段訓在步校，編制是在第一大隊第五中隊，那我也
是五中隊步兵隊的實習幹部。我是實習副中隊長兼器材班班長。
前一個多月只有當器材班班長，後來是被人陷害，才當實習副
中隊長。我們實習中隊長不在的時候，會是我帶著大部隊。我
也是掉槍機當天早上去取槍的人之一。

（訪談人：早上九點開始，是由你來帶隊的嗎？）

　　報告是！想請問長官，九點是大地震後，要出發去後山上
課的時候嘛？

（訪談人：是的。還有，你不用在意我的看法或資訊，你也不用一問一答，想到什麼就盡量講，我不會打斷你，你實在接不下去時，我才會提醒你一些方向。）

　　報告是！因為我們實習中隊長徐偉業送生病的軍械士朱雲海去醫務所，所以部隊是交給我來帶，由我來指導值星官……那個什麼天？對，是叫楊德賓。

　　楊德賓的綽號是天天，我剛才還一直想他叫什麼名字咧，因為我們都習慣叫他楊天兵、楊天天之類的。

（訪談人：你想不起來的，或是習慣用綽號稱呼的，都可以先講綽號，我們事後會比對。）

　　喔！謝謝長官！這樣我會比較順啦！

　　當天是我第一次和天天合作。我自認蠻好相處的，所以天天跟我合作，應該是會比在徐偉業身邊輕鬆一點啦。

　　我接到的命令，是9點10分要在大隊部前集合場整裝出發。平常我都會早到，但因為和實習中隊長徐偉業交接的關係，我到集合場的時候，離集合時間只剩兩三分鐘，步兵隊同學都在場中清點裝備。這次幾乎是全員到齊。

　　幾乎啦。差徐偉業他們。

（訪談人：你當時熟悉實習中隊長的相關業務嗎？）

報告，應該算熟喔。只要徐偉業不在都是由我代理，所以我之前也帶過幾次。我代班的時候，他都會把他的實習中隊長筆記本給我，上面很多參考資料。

因為我還有器材班的工作，我本來不應該再當實習副中隊長，我們步兵隊原本也沒實習副中隊長這個職缺，但後來因為徐偉業忙不過來，中隊長想增設實習副中隊長，那我們隊上有個比我還老的同學，他覺得自己很可能「中獎」，所以在隊務會議上把這責任推給我。

這個同學叫鍾敏嘉，但是我們都叫他「老頭」，他也是博士，是個很多想法的人。很會想。

這位子前一個月我也做得不太順，但到快結訓的時候，基本業務都算熟了。

（訪談人：所以你當天很順利的接手了？）

報告，也不能說很順啦，因為我也是器材班班長，本來就有上課要帶的水和雜物要處理，早上還去支援取槍，然後還掉槍機，整個忙翻了。鬧了三個小時，也是到九點才算是和其他人會合，所以我也不知道他們之前是在幹嘛。

我聽說大地震之前，他們已經走到先鋒路口的鐵門前面，然後接到電話，被拉回來大地震。所以九點是他們第二次出發去上課，他們知道要上什麼課，但我還不知道，所以和徐偉業對資料的時候有點雞同鴨講，就多花了一些時間。

（訪談人：你還想得起來集合場中有什麼值得一提的狀況嗎？）

報告長官，因為我接手部隊，所以抄下蠻多任務事項的，可是有些寫在徐偉業的那一本，我這邊，只剩我的實習副中隊長手冊和夾在裡面的幾張紙。還是寫在作業紙上的。我是可以看著講，但不一定正確啦！

（訪談人：請參考你手邊的資料，盡可能照時間順序來說明現場的狀況。）

報告，一開始應該是清查人數。我直接問天天實到的人數有多少。

他就傻傻的說，「應該是 66 個吧！」這也太多了啦！他根本就沒清查人數啊！他是直接從總人數 68 扣掉徐偉業和朱雲海，然後報給我。

啊，朱雲海是當時昏倒被後送的軍械士，徐偉業去幫忙處理他的後送。

我就罵他⋯⋯就罵值星官說，第二大寢有個同學上週就後送了，得肺炎那個，這個人就沒算到啊！結果天天居然還回我說：「哦！對喔！」

我差點罵幹。應該是真的有罵幹啦。長官不好意思，我講話比較粗一點。

（訪談人：沒有關係，你也不用稱我是長官，你想講什麼都可以。

請繼續。）

　　謝謝長官。那我後面不小心罵幹，就請長官多包涵，我這樣講會比較順。

　　那個天天喔，他不會清查人數，我就從頭教一次。我先叫他拿出資料，算一下現場人數應該要有多少人。他翻自己的筆記，我想應該是他早點名時候抄的筆記，他說的確有1員幾天前就後送軍醫院，1員補休，加徐偉業和朱雲海，所以現在應該少4個，剩64個。

　　幹，這真的太天了，我到現在還記得那個「1員補休」。我就幹他說，補休個屁啦！現在都九點了，輪值安官的人怎麼可能還在補休？頂多到七點好不好！

　　他又給我說：「這樣應該是65個。」然後用手指一個一個點人看對不對。幹這真是超天的，應該是要各班清查後，班長分別報上來，或是直接叫大家報數才對啦！

　　所以我慢慢教他，要先確定手中資料是正確的，再對看看眼前的活人數量符不符合。我提醒他，因為最後一班安官是軍械班的人，所以這個安官沒補休，是跟同班的一起去取槍了。我也有去取槍，我看到有一個人是穿迷彩服去取槍的，就是那個安官，因為其他人都是穿運動服。

　　所以這代表什麼呢？代表天天早點名時的人數也算錯了。結果他還給我說：「哦，是喔！有差嗎？」

　　幹，當然有差啊！但反正都過去了，先抓眼前人數，趕快出發。我要天天叫各班班長清查人數後報上來，同學也很快的

報完了，共 63 員。

天天嚇了一跳，轉頭看我說：「哦幹只有 63 個。應該要有 65 個。」

我又幹他一頓。因為除了隊伍中的同學，還有站在前面的我和他啊！不就總共 65 個嗎！

接著我叫他清查槍枝數量，一人該有一槍。天天照做了，這次數量是對的，66 把槍，66 支刺刀。因為我除了自己的槍之外，還有幫徐偉業拿刀槍。

裝備數量也確定無誤，天天就整理部隊，然後交部隊給我。我再快跑去向在隊部門口等的中隊長，交部隊給他。我報給中隊長的人數是：「步兵隊應到 68 員，實到 65 員，2 員病休後送，1 員隨後送人員前往醫務所。」這我有抄在我的手冊上。

中隊長告訴我，徐偉業送人去醫務所後會自己去後山上課，陪朱雲海再後送去外面軍醫院的只有副中隊長。他要我們槍不離身，別再出包，然後下令出發。我跑回隊伍前傳達中隊長的命令。天天接令，大部隊就出動了。

（訪談人：往上課地點的行進過程中，有發生什麼值得一提的事嗎？）

報告，之後的移動過程沒發生什麼大事，就是走到步校後山的演習場，一個叫「金湯村」的地方。大概走了二、三十分鐘吧，算是蠻遠的。

（訪談人：可以說明抵達金湯村後的狀況嗎？）

　　長官，我想請問，是要說什麼狀況？看到什麼都要講嗎？

（訪談人：你覺得應該說明的都可以講。）

　　報告長官，這個不太好說耶。我們是每天去金湯村，所以很熟，會覺得特別的東西不多，要講一些事情又怕你們搞不清楚東西南北。啊，那我用方向地型介紹的方法來講好了。

　　金湯村是為了演習課蓋的假城鎮，裡面的房子都沒有門窗，只有水泥磚牆的外殼，很簡單。像個工地啦！大工地那樣，都還沒蓋完的感覺。不過村子裡面的馬路上有很多沙包蓋的掩體，會擋路，所以只能走小巷子。

　　這個地方是專門用來上城鎮戰課程的，我們受訓期的最後一個月都是在金湯村演習。課程內容呢，是把同學分兩邊，每天殺來殺去，然後吃飯，再殺來殺去。我們通常會和一中隊、三中隊的另外兩支步兵隊一起上課。

　　我們這三個中隊的步兵隊都是同期的步兵官，但因為人數有兩百多個，所以編制上被拆成三個中隊，上課才會在一起。那天我們走到金湯村的時候，另外兩個中隊的步兵隊早就已經在金湯村的教室坐板凳休息。

　　教室也不是真的教室啦！只是教官說明課程的地方，但沒有牆壁，很簡單，只有屋頂和水泥地板。我們有時候會說那個地方叫「鋼棚」，但金湯村的教室，我記得是水泥做的，陸軍

官校後山那邊的才是真的「鋼棚」。

啊？又好像是反過來？我記不太清楚了，因為後山有好幾個這種上課教室。教室中間地上有一個長方型的大沙盤，像小朋友玩沙的沙坑。沙盤四週是平平的水泥地，來上課的班隊會在水泥地上擺板凳，圍著沙盤坐。

掉槍機的那個時候，我們都已經考完期末測驗，所以演習課程沒啥要緊，頂多出去跑一趟就回來和教官閒聊，或是坐著弄自己的事。其他兩個中隊早我們一個多小時上來，當然是「演」完了，就坐在位子上鬼混。

我們五中隊是在教官右手邊剩下的空間擺板凳入座。等大家坐好，我和天天就找教官報告遲到的原因，但教官早就知道了。

（訪談人：你們到場後隨即進行課程嗎？）

報告沒有喔。我們鬼混了很久。因為有同學找教官討論掉槍機的事，就一路聊到十點。所以就是坐著講話而已，沒出去上課。

（訪談人：可以說明這段時間所聊的內容嗎？依你印象回答即可。）

啊⋯⋯報告長官，這邊我是有記錄，手寫的，但不多，要想一下。我要照時間順序講嗎？

（訪談人：請盡量依時間順序說明。）

啊……我現在翻到一張當天的記錄，我想應該是可以照順序啦！長官那我重新講一次狀況喔，從頭喔，從走到金湯村開始。

我們一到場，是找主課教官報到，報出缺席狀況，還有全隊上課遲到的理由。教官說校部已經告訴他五中隊掉槍機，在山下找，所以他讓我們先原地整理裝備，下一堂課再跑演習。意思就是讓我們能休息、鬼混一下。

整理裝備可以動來動去和講話，所以大家在閒聊。我記得是阿財主動提問說：「教官，你那麼屌！能不能一天之內生出一支槍機呀！」

阿財的本名……我知道有個財，他是我們同學裡面最嘴砲的一個，現在好像在中正預校當排長。

阿財問教官能不能生出槍機，那主課教官就說他一天內沒有辦法「車」出來，至少要給他兩天。就是用車床去切削出一支這樣。

可是這樣講，同學們就超興奮啦！因為突然有解決辦法了嘛！阿財還要教官趕快去「車」，因為我們第二天結訓，不然要請教官車好直接快遞給中隊長。

我也有問教官，因為我們掉的是槍機，裡面很多小小的零件，不是像槍管那樣比較單純，要車出來，應該沒那麼簡單。

可是教官很不屑的說，槍機、槍管都一樣，只要帶一枝出去，找有車床的專業工廠，照槍機零件對「車」，就能有相同

外型的東西，就能交差。當然這種東西只可以檢查用，真打會炸掉。

我又問教官說，要車的話，那要怎麼帶槍機出去當樣本。教官就反問我們啦！他問每個禮拜放假出去的時候，有檢查包包嗎？

當然是沒有。所以槍機一定弄得出去。不過我還是問說，車回來之後，也要想辦法弄進來，進來的時候會有裝備檢查啊！

教官就一臉「你是白痴嗎」的表情，說誰敢仔細檢查教官或幹部的包包？而且很多長官都是開車進出營門，大門也只檢查車子是不是有藏人。如果怕被抄到，那用報紙包一包，從圍牆先丟進來，等人過了檢查哨，再去揀。

這時阿財跳起來，說他之前也講過可以從牆那邊丟出去。那個……老頭，就鍾敏嘉，他吐槽阿財說，教官是講丟進來啦！但我覺得丟進丟出都差不多，鳳頂路那邊裡外都沒什麼人會經過，草都很長。

教官最後說他不清楚隊上幹部處理的狀況，但幹部會自己想辦法生出槍機的。我當時還沒聽懂他的意思，到晚上才覺得教官真的是先知。

聊到後來大家都在嘴砲，吵說到底是誰弄丟槍機的。我才知道早上留在隊部的同學已經討論過了，然後在金湯村又把同樣的東西拿出來討論。其實大家是吵架啦。這一段很亂耶，要怎麼講咧？

（訪談人：你能記得多少內容呢？）

98

報告，我記不起來。我現在是有當時的實習副中隊長手冊啦！筆記本。但我又不像徐偉業那樣習慣隨手記東西，所以這段討論沒記到。也不是沒記到，我有在我的手冊上畫了幾個圖，但畫得太簡單了，我現在有點看不懂。

啊！我想起來了，我的這幾張圖，是要對實習中隊長手冊，就徐偉業的那本。因為徐偉業把之前同學的討論抄在他的那本上，然後我在金湯村把他抄的結果唸出來，大家聽了之後，又加了一些意見。

我不好意思把新加的部分寫在徐偉業的手冊，所以是寫在我自己的手冊上。所以要搞清楚到底在討論什麼，最好是兩個手冊對起來耶。不過我現在找不到徐偉業。

（訪談人：可以依你手中的部分盡量猜看看嗎？）

嗯……是可以看著猜一下啦。

嗯……長官，我看大概是有四種可能性。第一種，是武管室的人幹走的。第二種，是走回來的時候，在路上掉出來。第三種，是我們之中某個人幹走的，第四種，是隊上長官幹走。

每種可能性我都畫了一些圖，還亂抄了一些名詞和動詞，我盡量回想看看。因為我是實習副中隊長，所以現場的秩序是我在控制的。我是讓軍械班的饅頭哥先說話，他是發現掉槍機的人。

他叫王什麼，王志豪？好像是叫王志豪。他說自己沒什麼想法，但他的同事、軍械士朱雲海覺得是武管室的人幹走的。

這是第一種可能性。

那為什麼武管室要偷呢？阿財說很可能是武管室自己掉了一支，所以幹我們的。

我認為這個想法很白痴，如果是他們偷的，那我們取槍時認真檢查，不就馬上發現掉槍機？如果我是武管室的人，我才不會冒這個風險，因為大多數班隊都會檢查啊！有些還會現場「清槍」耶！被點出來少一枝槍機，武管室他們一定會被電到飛高高。

但老頭這時提出一個可能性。他說店員不小心收到偽鈔，可能不會自己認賠，而是想辦法利用找錢機會，換出去給下一個客人；所以如果是武管室偷的，那被偷的班隊又沒檢查，就過關了，如果被偷的班隊有檢查，而被抓出來，那當然是會被幹，不過沒這樣偷天換日，最後被查到丟槍機時也還是會被幹，不如冒險找個看起來最兩光的班隊賭一賭。那我們就是這個看起來最兩光的班隊。

饅頭哥不太支持這種看法，他是副軍械士。他說武管室好像沒有 65K2，只有 T91，所以沒必要偷我們的槍機。我們掉的槍機是 65K2 的槍機，和 T91 長得很像，但還是不同。關於武管室偷槍機的討論，應該是停在這邊。

第二個可能性是走到一半掉出來。這就是說我們送槍的人不小心掉的，所以我們有參加送槍的人都超火大，都在罵說絕對不可能，因為槍分解時一定會有感覺。

但老頭說，上週末因為要送槍枝給武管室暫時保管，所以把纏著槍身的膠帶和綁腿都拆掉，這樣槍應該很容易散掉。

不過我認為那些膠帶是綁前段的護木為主，就那兩片塑膠殼，很爛的那個殼，如果拆掉膠帶，也只有前段會鬆一點，槍機在的後段也不會鬆開啊！而且後面的槍身只有一兩把結合比較鬆。饅頭哥也做證說，掉槍機的那一把槍是結合很 ok 的槍。因為是他發現掉槍機的，他有摸過那把槍。

　　但也有人說，會不會是回來隊部之後，拿槍的人發現槍分解了，槍機也掉了，只好緊急從別的槍抽槍機來換過，所以最後掉槍機的槍結合是比較好的。

　　可是哦，我認為如果他這麼精明，一發現掉槍機，會立刻想到要換另一支槍機過來滅證，那為什麼會兩光到掉槍機咧？而且要抽換槍機，一定會有其他同學看到吧？所以這種說法後面也沒什麼討論。

　　第三種可能性是我們自己人偷偷幹走的。老頭解釋說，這個偷槍機的人，也許是看中隊長不爽，想幹走槍機來整中隊長。也可能是要幹出營區，另有他用。

　　看中隊長不爽的人很多，至少一兩打。阿財認為可能是徐偉業，因為他一天到晚被中隊長電。這時徐偉業還在山下，不在金湯村，不過天天說徐偉業不是取槍人員，也沒碰到槍，不可能是他。

　　所以嫌犯還是我們取槍的三十個人。有人懷疑軍械士朱雲海啦，但饅頭哥說，他發現掉槍機的時候，朱雲海也嚇一跳。而且朱雲海那天早上一直發燒，不太可能生病時還計劃幹這麼大的事。

　　有人開玩笑說，那一定是饅頭哥幹的囉，但饅頭哥超酷，

說自己就是發現掉槍機的人，早就被懷疑到爆，他也沒辦法離開軍械室。因為這種說法懷疑的都是自己人，同學怕講多了傷感情，所以講到一半也講不下去。

第四種可能性，是隊上幹部偷走的。以前我們成功嶺二連的連長，他也會偷拿我們的東西，然後把我們幹一頓。但我覺得在步校不太可能這樣搞啦，而且後來鬧成這樣，變成是中隊長扛，那不就弄巧成拙嗎？

不過之後的討論，我看不太懂我當時抄的東西耶。那，我就直接唸出來，請長官你們再想看看是什麼意思。這部分主要是阿財和老頭兩個人在吵。

阿財說，早上大地震把我們整得半死，而且說要懲處中隊長，說不定也沒真的懲處。馬尾大大也一直都很冷靜，明明是她簽名的，她卻不緊張，這也可能代表是馬尾大大幹走槍機，是她要婊中隊長。不然最後扛的怎麼會是中隊長？

對了，阿財講的「馬尾大大」是副中隊長，抱歉我剛才忘了說明。

那，老頭是反對阿財的看法。老頭說，武管室取槍時是副中隊長簽名的，如果是她偷的，正常來講會是她自己出事，所以應該不是副中隊長有意偷的。

所以阿財後來又改說是中隊長幹走的，理由是要嚇馬尾大大，因為她之前去受訓都在爽，回來給她震撼教育。又或者是他們兩個之間有什麼不為我們所知的恩怨。

但老頭還是不認同阿財的看法，因為現在懲處的是中隊長，校部看起來也不像是配合演戲。中隊長為了整馬尾大大自婊到

這樣，完全不合理。老頭還講了句，「人生自古誰無死，我死不如你去死。」這我有特別完整抄下來。

阿財又堅持中隊長是和校部的人串好了，可能沒有真的被懲處。但我也覺得這說法太誇張，校部哪有可能派一堆人來陪你演大地震？

而且老頭接下來吐槽得超好笑，他說中隊長哪有這麼屌，平常叫他生出飯菜都辦不到了。幹這樣講，大家當然都支持老頭的說法，因為平常我們真的沒東西可以吃。

所以這時阿財又轉了，他改成說這是中隊長要對馬尾大大示愛，因為是馬尾簽名，掉槍機，她的責任最大條，接著中隊長就拍她肩膀說，不要怕！再拿槍機出來結案，英雄救美，然後馬尾大大超感動，就愛上他了！

但這個說法被吐槽得更慘，一堆人在罵說女官最好可以拍肩啦！掉槍機沒事，結果拍女官肩膀出事。當然這一段是純嘴砲。

那，阿財最後說，大家是比較傾向認為，是中隊長和副中隊長要婊我們，還是我們自己人自婊呢？

幹，結果大家都覺得被自己人婊到的機會大一點，因為我們一直是個自婊的班隊。我筆記上最後就是這段的摘要：「自己婊？幹部婊？」

之後大家就比較沒討論了。

（訪談人：在場的教官和其他班隊都沒參與討論嗎？）

報告！我有請示在一旁看戲的教官，問他覺得什麼說法最合理。教官只說他覺得隊上幹部應該不敢玩那麼大，槍機應該是真的掉了，但怎麼掉的，他就不敢講了。

　　然後他聊到學歷。他說聽我們的討論，覺得我們學歷應該很高。阿財就搶答說我們一半是碩士。阿財自己是台大的碩士，聽他講話真的完全感覺不出來喔！

　　教官很驚訝，然後問我們為什麼是步兵官，不是專業官科。但講到這就尷尬了，我是因為博士預官分發，只有步兵可以選，而其他人是考到的，理由當然是比較低分啦！但教官還是覺得我們大才小用。

　　但再怎麼聰明，還不是掉槍機？

　　之後我們就一路混到真正的休息時間。

（訪談人：所以到十點前，就是如以上的討論嗎？）

　　長官等一下喔。我這邊寫了個「共犯」。

　　我想起來了！因為講到大家學歷都很高，所以可能是好幾個人一起偷的。

　　老頭說有可能是取槍的人和沒取槍的人一組，取槍的人把槍機偷走，然後吃飯時交給第二個人，這共犯再去處理槍機，像是藏在隊部到餐廳之間的花圃。

　　但我覺得這樣不一定需要共犯，一個人也可以辦到。他早上取槍時，只要在沒人看到的時候偷摸走槍機，然後去吃飯時帶著，吃完回來的路上，偷偷藏到兩邊的樹下或土裡，一般也

不會被注意到。很多人吃完飯後會蹲在路邊樹下抽菸，那邊也很髒亂。

討論共犯的，應該就是這樣。

啊，要跟長官報告一下！我發現我這邊還抄了一段關於早點名的狀況，不過是大家在討論早上六點的事，我們以為這個事和掉槍機有關係，但後來證明沒有關係。這要講嗎？

（訪談人：你可以先提供，我們再來判斷有沒有關係。）

好，這是我們值星官早點名時的人數算錯了。我記得在金湯村，大家聽到人數算錯時，都超激動的，感覺好像要找到嫌犯了。

這我剛剛好像也講過，我們值星官多算了一個補休的人，他以為在隊部補休的最後一班安官有跟著去取槍。早點名人數算錯是很大條的事，因為槍機就是那時候掉的。

我們有個軍械班同學叫張公譽的，他說是他就是那個最後一班的安官，饅頭哥也作證說張公譽有去取槍。但是張公譽有去取槍，就代表值星官算人數時多扣掉了一個人。這個人沒去取槍也沒去早點名，完全脫離部隊掌握。

老頭說，這個人可能是發現應該補休的人去取槍了，或是他早上就知道天天的人數有算錯，所以才能利用這人數漏洞。那要抓出這人，可以看早上誰能知道天天的人數清查結果。

但理論上，應該只有徐偉業和專軍隊的值星學妹會知道，因為天天會報人數給這兩人。不過這兩個人也都參加早點名，

所以是徐偉業或專軍隊值星再報出去給另一個人嗎？那這個共犯是誰？

　　討論到這邊有點卡住，所以老頭拷問天天，問他早點名時是不是用錯的數據。天天說他報 19 個，但這就是多扣 1 個人，是錯的，早點名時應該要有 20 個人才對。

　　但是早點名現場步兵隊也沒報數，所以不清楚當時到底多少人。這樣只能從早上的隊型來判斷。這部分的討論我當時有畫成圖。長官你那邊看不到，所以我還是用說明的。

　　天天說早點名時，左翼部隊只有一個班，而我們都是 9 伍正面，所以左翼是 9 個人。其他步兵隊的人是放在正面部隊。排在正面部隊的人說，在正面部隊的步兵隊有一個班再多一個人，所以是 9 加 1，10 個人。這樣兩邊加起來的確是 19 個。一算出這個數字，大家都覺得不妙，真的少了一個人，不知道去哪邊了。

　　但老頭卻點破大家，說隊伍裡面 19 個，還有 1 個天天在前面點名啊！

　　幹，真的是這樣，所以早點名那邊是 20 個沒錯。但這也代表沒有人脫離部隊掌握，原來的破案機會也消失了。

（訪談人：之後還有什麼值得一提的狀況嗎？）

　　長官不好意思，我抄的其他東西看起來都是一般的任務和課程資訊。

　　後來徐偉業也來了。他向教官報到之後沒多久，教官也宣

布么洞洞洞（10:00）正式休息二十分鐘。就是可以四處走走的休息。

　　那我也把部隊交給徐偉業，包括他的筆記本和槍，然後告訴他今天槍不離身。他沒多說什麼，一樣大背槍坐下來休息。把槍斜背的那種大背槍。

　　阿財過來問說朱雲海還好嗎，那徐偉業說確定送出校外了，是副中隊長陪著送出去的。因為我們才剛討論去外面找工廠車槍機的事，所以這時大家都在說副中隊長應該是出去車了。徐偉業不知道是太累還是怎樣，聽我們講一堆，也沒什麼反應。

　　啊，對了，徐偉業叫我們「管好自己人」。這我有寫下來。其他我忘了，不然就是看不懂我在寫什麼。

　　報告長官，不好意思，九點到十點之間的部分就是這樣了。

六，
微光照不開
刻意的黑

訪談形式：面訪

受訪者：王志豪少尉

主題：民國 98 年 1 月 5 日，10:00 至 11:00，休息時間與演習課。

（訪談人：請自我介紹。）

902 旅 2 營 2 連少尉排長王志豪。

我新訓在成功嶺，二階段訓在步兵學校。在二階段的時候我是副軍械士。掉槍機是我發現的。

（訪談人：我們這邊有一些在訪談前搜集到的初步資料，想請問你就是同期預官所說的饅頭哥嗎？）

對。這你們也知道喔，是誰提到我嗎？下部隊之後，就沒人這樣叫我了。

同學好像很多人不知道我本名是什麼，大家從新訓就一直叫我饅頭哥。我不喜歡吃稀飯，但是早餐只有饅頭和粥可以選，所以我都吃饅頭，就被同學叫饅頭哥。但我沒特別喜歡吃饅頭。

（訪談人：請說明你在掉槍機當天十點到十一點間看到的狀況。）

十點到十一點啊。

不好意思，我先請教一個問題喔。

雖然我是發現掉槍機的人，但已經好幾個月了，事情都記不太清楚了耶。雖然剛剛給我時間整理相關資料，但我手邊根本沒什麼東西啊。

我也是記憶力很差的人，聽完就忘記。

而且，妳們怎麼不是問我早上在軍械室裡面的事啊？就掉槍機那時候。我是發現掉槍機的人欸。而且我根本想不起來早上十點到十一點是在幹嘛。大家都想不起來吧？

（訪談人：對於要提供哪些時段的資訊，本台自有考量。根據我們手邊的步校資料，當天早上十點是在金湯村，正要休息，預定是十點整休到十點二十。）

休息喔？

我們都會休短一點，教官說二十分回來，我們可能律定十五分就提前集合。我們都會抓得比教官律定時間短一點，以免教官回來，自己人還沒到齊。

要講休息時間啊，唉。我想一下。

我想，我休息時間應該是在買「小蜜蜂」啦。妳們知道小蜜蜂嗎？妳們是退伍之後轉文職，還是一直都公務員啊？

（訪談人：不好意思，我們沒辦法提供個人資訊。）

喔，好吧。嗯，小蜜蜂是賣吃的攤販。只要在步校後山上課，空檔都會有小蜜蜂或營站車來賣吃的。營站車合法，就是一台貨車；小蜜蜂不合法，是騎機車的阿婆。

在這些阿婆中最有名的是阿鳳姊。她賣肉粽，還有一些自創的瓶裝飲料。我聽說檸檬梅是她發明的，不知道是不是真的，但我第一次吃到山粉圓，就是阿鳳姊賣的。

阿鳳姊有很多外號，什麼後山指揮官之類的，我們同學都叫她「阿鳳」。因為阿鳳的生意太好，還有一些歐巴桑學她騎機車來後山賣吃的，也一樣戴斗笠。她們都是戴斗笠再外包頭巾防曬，像種田的人那樣。都沒戴安全帽。

阿鳳以外的歐巴桑服務態度很差，你不買，她們還會生氣罵人，但她們的東西品質比較不好，都是雜牌飲料，而且比較貴，我們都叫這批學人精是「偽阿鳳」。真阿鳳的頭巾好像是綠色的。

這種騎機車的小蜜蜂全都不合法，但學校沒人力抓，只能要求學員不要去買，另外叫校內營站派車上山。這些合法營站車通常是廂型車和改裝貨車，然後找臉很臭的正妹來當隨車店員，賣蛋餅、雞排，還有都是糖水和色素的手搖杯飲料。有些色素很濃，感覺放在黑暗中會發出螢光。

我休息時間都會去買，阿鳳或營站車至少找一家買。不見得是真的想喝或餓了，就當休閒活動。

（訪談人：那當天的十點到十點二十的休息時間，你也是去買小蜜蜂嗎？是否注意到什麼特別的狀況，或討論掉槍機的事嗎？）

嗯……我好像有去買阿鳳。

當天早餐我還蠻晚吃的，因為被關在軍械室裡面，是值星官送來給我吃的。很少在那邊吃東西，所以我還有點印象。

但餓得很快，可能是早上精神太緊繃了。因為是我發現掉槍機的，我一直覺得他們會把我隔離偵訊還是怎樣的，但根本沒有，也沒問什麼，我也不知道是為什麼。

啊，對對對，我有去買阿鳳，我想起來了。因為是最後一次可以買阿鳳，所以我有去買。在步校最後一兩個月比較少買阿鳳，因為合法營站車都會來，阿鳳會躲很遠，但我還是比較想買阿鳳。

那天阿鳳也躲很遠，在離先鋒路很遠的樹林裡面，因為營站車會檢舉她。

可是找不到她，也可以打手機找她。她有發名片，打電話她會外送到「府」，就是你在的地點。她連後山的山頂都會硬尻機車上去哦，這是營站車和偽阿鳳辦不到的。步校的墓埔山和望雲山，那種人背裝備都快走不上去的，我都看過她硬尻機車上去。

演習迷路也有人會打給阿鳳，而且只要說自己身邊有長什麼樣子的大樹，阿鳳就找到他了。阿鳳就是步校的苦海明燈。

她還有賣蘋果日報和壹週刊耶，這個真的很誇張對吧，不過要前一天和她先訂，她第二天就會送上山。阿鳳的事情講不完。還有她房子的事情耶，不過和掉槍機是沒什麼關係。

反正，掉槍機的那天，因為是最後一次上課，以後就買不到了，所以我特別跑去買阿鳳。很多人也和我想的一樣，所以

買阿鳳的人排超長，都排到先鋒路上了。我就跟著排。

（訪談人：你自己一個人去排？）

嗯。

啊，不對，天天有和我一起去。天天好像是叫楊德賓，很多人叫他楊天兵，因為他很天兵，後來叫一叫就變天天了。在步校的時候，我常和他一起混。他是掉槍機那天的值星官。

欸？好像是他找我去買阿鳳耶。我記不太清楚了，是他先說要買肉粽的樣子。阿鳳最有名的就是肉粽。

我說好那一起去啊，結果天天說他沒有要去，是要我順便幫他買，我就尻他的頭，拉他一起過去。後來他就和我一起去了。

雖然遠看是很多人排隊，但我們走到的時候，人群已經差不多消化完了，我們排一下就買到，然後站在阿鳳的機車旁邊吃，想說吃完可以丟垃圾。阿鳳也提供資源回收服務。這又是她贏過偽阿鳳的地方了。

（訪談人：用餐過程中有聊些什麼嗎？）

嗯……想不起來。應該沒有。就和阿鳳說再見，以後不會再來之類的吧。

（訪談人：有其他同梯預官也在嗎？）

ㄟ，我想起來一件事了。天天有問阿鳳說：「妳有沒有賣槍機啊！」

雖然他是故意耍白痴，但這真的太白痴了。阿鳳賣的東西真的很多，但問有沒有賣槍機，實在太靠北。

阿鳳好像還反問我們什麼是槍機，天天大概說明一下，然後說我們掉了一支。阿鳳人很好，說慢慢找就好，找不到的話長官也會處理。其他的我想不起來了。

（訪談人：除了槍機之外，阿鳳姊還說了些什麼嗎？）

她好像有講一些其他班隊在後山找東西的故事。如果說是在後山找東西，我也可以想起蠻多事的，但不是阿鳳講的。

我們有一種課叫搜索課。教官會在後山藏張紙條，要我們去找出來。據說放了二十幾張，結果我們從白天找到晚上，三個中隊兩百多人，總共只找到三張。後山有好幾十甲大耶，居然叫我們找小紙條。

而且找到的那三張都藏得很誇張。

一張是對摺幾次之後，壓在墳墓的「后土」，那個石頭的下面；有一張是捲一捲，塞在電線桿上的小洞裡面。最後一張是摺到超小，用膠帶黏在非洲大蝸牛身上。

這鬼才找得到吧！藏這些紙的教官，還有找到這些紙的同學，應該腦子都有問題。

我當時連涼亭泡茶桌的底下都找過了，居民放在路邊的冰箱來也打開來翻，還是什麼都沒找到。那天晚上出發回營的時

候，彎彎的月亮上面正好搭配兩顆星星，看起來像是笑臉，在嘲笑我們這些廢物。

所以裝備掉在後山，才是真正不用找了。三中隊也在這邊掉過子彈，這事我記得比較多。但講起來很長。

（訪談人：不好意思，請集中在掉槍機當天的狀況，特別是休息時間這段，你還想得起來什麼嗎？）

喔。想不起來。

嗯……阿鳳說她看過其他班隊用一根棍子的機器在找東西。天天說那應該是金屬探測器。

天天一秒想出答案，我有點嚇到，後來才想起他好像是機械系畢業的。我那時也想過說，是不是可以用探測器在山下找槍機。

嗯……後來阿鳳都在那邊勸世，說平常要乖乖聽長官的話，東西要收好才不會掉啦之類的。我說槍機應該不是掉的，是同學或是長官偷走的，結果阿鳳哈哈笑，說長官怎麼可能偷，也不要怪同學，要好好相處啊，當兵一下子就過去什麼的。

後來講什麼我實在想不起來了。

反正最後我說，我們要結訓囉，掰掰，以後到鳳山會去找她的店面買肉粽。

（訪談人：接著你們回去金湯村教室？）

嗯。

啊不對，我還有去買營站車。因為天天想起這也是最後買營站車的機會，所以又拉著我往營站車那邊去。

營站車是小可在顧店。她是我們最熟的正妹店員，好像是附近大學進修部的學生，白天在營站打工，晚上上課。我覺得營站車如果沒正妹，就沒什麼競爭力了，因為東西普通，又比阿鳳貴。

這個正妹真正的名字我不知道，連「小可」這個名字，也是同學幫她亂取的。好像是有人先叫她「小可愛」，但被我們叫小可愛的女生很多，像這個營站妹叫小可愛，我們五中隊專軍隊的小楊丞琳，也有人叫他小可愛，一樓安官桌平常顧總機的志願役女兵，也有人叫她小可愛。

因為小可愛太多，我們有個同學就決定這個營站妹叫「小可」，大家也學他一起亂叫。那個同學叫什麼財？陳運財？

這個女生我印象很深，其他的營站妹我都忘了，但這個真的很特別，因為阿財一直黏著她。好像她第一天出現的時候，有同學嗆阿財說：「你不是很會喇妹，去喇到她的手機啊。」

好像是龍哥還是誰嗆的。你們知道龍哥是誰嗎？反正就是名字有龍的。

雖然也沒賭什麼，但阿財真的衝了。每次小可出現，阿財就去「盧」她，但盧了很久都沒要到手機；可是他到最後一天還是在盧喔。

我走到的營站車時候，那邊就只剩阿財。天天想到自己是值星官，怕集合遲到，所以先回去了，叫我幫他買。

我買好就站在那邊看阿財「盧」小可。他們的對話超好笑，我還記得一點點。可能前後順序有錯就是了。

　　阿財講我們掉槍機的事給小可聽。阿財認為應該是馬尾大大偷的，就是副中隊長偷的。我們副中隊長是女官，所以阿財說這個女人最可疑，然後他不懂女人，所以才要來專程請教女人的意見。結果小可說：「我沒意見。」

　　這吐槽接得超順，我差點噴飲料。

　　阿財又想辦法圓回來，說小可沒看過馬尾大大，所以不會有意見，但馬尾大大是很冷酷的人，那看起來越冷靜的女人，心中可能越多奇怪的想法；就像小可外表很冷，可是內心一定很熱情澎湃什麼的。

　　然後小可只說：「屁。」真的只有一個字，超嗆的。阿財完全被嗆爆，但是他還是很堅持說副中隊長怎麼看都像是犯人。

　　小可又吐槽他說：「你才像是犯人。犯人都會拼命說別人是犯人。」

　　阿財說：「犯人應該不會說太多話啦！」

　　小可又說：「屁。犯人不是話多，就是話少，不然就是剛剛好。」

　　她講得超順，阿財想了兩秒才懂，說：「啊幹，這不就每個人都可能是犯人？」

　　聽到這邊我都快笑死了。後來因為上課時間快到了，我先跑回去教室，不知道他們兩個還講了什麼。

（訪談人：教室內有什麼狀況嗎？）

我回去之後發現大家在整理裝備，才知道休息時間教官有說下一節課要打排級的攻防戰，同學分兩邊對殺這樣。

　　徐偉業說這場會用到煙霧彈，所以教官叫幾個同學回金湯村辦公室去搬。我也看到四個同學提著兩個木箱從辦公室出來，裡面應該就是煙霧彈。

　　啊，我想起一件事情了！我覺得可能有同學會因這件事，所以故意偷槍機來報復大家喔。不過這要從很久以前講起耶！

（訪談人：覺得和掉槍機有關，都可以補充說明。）

　　嗯，也是當時聊到的啦。在鋼棚的時候有聊到。

　　因為平常我都是去搬彈的人，但這次沒搬到，所以我想到「搬彈原則」這個事。因為老頭就在我後面，所以我問他，我的學歷是不是太低了。

　　老頭是我們隊上一個很老的同學，是在大學教書的。老頭是覺得，我雖然讀私立，可是我日文有一級，所以他叫我以後去日本發展。然後老頭問我為什麼會覺得學歷太低。

　　我說，因為平常每次搬彈都會有我哦。我們五中隊有一套搬彈原則，如果要搬運危險物品，像是會爆炸的東西，值星官會挑選適當的人來搬，而這個篩選人的原則，好像是某任值星官臨時決定的，然後一直延用到今天。我當值星官的那一週，也是延用這個原則喔。

　　舉例來說喔，要搬火箭彈，值星官會集合步兵隊閒置的人力，如果人數多於搬彈公差所需的人數，值星官會請沒事的人

列隊站好，接著下令：「有小孩的，蹲下。」

有小孩的同學就先蹲下了，大概兩三個。人家有小孩嘛，搬彈太危險了，不能讓小朋友沒爸爸。

再來是：「結婚的蹲下。」也有幾位同學結婚了，有老婆在家裡等嘛，他們也不能死掉。

然後是「博士蹲下。」國家花那麼多錢培養博士，也不能隨隨便便死掉。這時蹲下的通常已經超過十個人。

接著是「碩士蹲下。」這樣至少一半以上的同學都蹲下了。

如果這時人還是剩很多，那接著是「國立大學的蹲下。」那多數人都蹲下了。剩下的私立畢業的同學，差不多正好夠搬一兩箱彈藥。我是私立大學畢業的，也沒結婚，所以每次搬彈幾乎都有我的份。

所以我看到搬彈，才會想到幾乎每次都是我在搬，是不是我的學歷太低了，這樣以後出社會該怎麼辦。

但老頭當時說，這不是我的問題，是搬彈原則有問題。他說我們的搬彈原則，就是決定誰的命不值錢。那為什麼學歷低，讀私立的命就不值錢？他說這是有老婆小孩的人，和博士發明出來的規則啦！只是能看出其中問題的，都是高學歷的既得利益者，他們不想點破而已。

老頭甚至說，他也是得利者，所以到最後一天才會講說這個原則有問題。我當時真的嚇一大跳，沒想到同學會這樣婊來婊去。

我在想哦，說不定有平常搬彈的人也發現這一點，所以在最後一天偷槍機報復大家。

但我也想不出來平常搬彈的人裡面誰會偷槍機。平常搬彈的，就是朱雲海和我，還有一些人很好的同學，像張公譽那些。嗯。私立畢業的同學人都不錯。

（訪談人：除此之外，還討論到什麼可能和掉槍機相關的事情呢？）

　　想不到了。
　　接下來是準備演習課的流程。這個要講嗎？

（訪談人：請你依時間順序回想接下來發生的事。因為根據書面資料，你是當天課程的演習排排長？）

　　對！我又是被阿財害到。因為在選演習排排長的時候，他故意舉手說我是什麼戰神。
　　我才不是戰神啦。他應該是講說之前演習，我被叫出來示範戰術的事。之後大家就都在亂叫什麼戰神。
　　不過他都講了，也沒其他人要當，教官就指定我當第一演習排的排長。
　　第二排的排長選不出來，大家都在裝死，然後老頭說為了平衡戰力還是怎樣的，所以推薦陳加智出來當。我們都叫他醫生。他是真的醫生哦！好像是長庚的，大家都鬧他說是長庚腦神經外科神手，但他自己說不是，我也不知道他哪一科的。我在步校生小病的時候還會給他看。

教官接著把五中隊同學分成兩個排。第一演習排是前三十幾號，第二演習排是後面的三十幾個。第一排是紅軍，所以身上的識別帶是紅色。第二排是藍軍，識別帶是藍色。我是紅的，醫生那邊是藍的。

　　這最後一場課還蠻有意思的，因為有超多煙霧彈給我們丟。也可能是快過期或怎樣吧，要清一清。

　　然後教官進行命令下達。這次命令下達很長，反正那天是我們紅軍佔領金湯村北側的家屋，藍軍佔南側的家屋，雙方以中央十字路口為分界。

　　勝利條件是把其中一邊完全消滅，不用佔領，把對方的人都打到判定陣亡。有三個裁判官會跟著同學跑，由他們來判定陣亡。教官會去辦公室用監視器看大家的動作，隨時會廣播罵人這樣。

　　這一場只有我們五中隊在打哦！因為我們還在山下的時候，其他兩中隊已經打完了，所以這節都在原地休息。煙霧彈也是因為前面兩中隊都忘記用到，所以剩的我們都可以拿來丟。我這排取了快二十顆吧。

　　裝備清點完成，我要自己這排的同學裝備上手，到北端的行道樹下集合。醫生也下令把他的人馬帶去南邊的空地。他們好像只拿了幾顆煙霧彈。之後一直到打完，我都沒再看到他。

（訪談人：請描述你把人帶開之後的狀況。）

　　因為是我帶隊，所以這邊我還記得起來的事情比較多。

我選的集結地是很高的老樹，我叫大家繞樹成一個半圓，坐著聽我命令下達。我還是很標準的：「欸……現在開始命令下達。各位弟兄辛苦了，請在看得到我的手勢，聽得到我的聲音……」

　　但大家都一直抱怨我太認真。連平常也都認真的徐偉業也在抱怨我幹嘛玩真的；他一放砲，底下馬上亂掉。最後我只好講精簡版的命令。

　　帶兵打仗是不難啦，但帶同學打仗就……很煩。大家都是步兵官啊，會的都差不多，但演習嘛，總要有一個人演排長，一些人演班長，其他人演一般兵。演什麼通常是抽的，不然就是教官隨便指定的，所以同學的擺爛度很高。

（訪談人：你是怎麼設計戰術的？因為書面資料上你得到很高的分數。）

　　很高分？這會打成績嗎？那時已經期末鑑測完了耶！

　　可能是教官隨便寫的吧，我覺得很普通啊。戰術喔，要說明的話，要知道金湯村的樣子耶，你知道金湯村長什麼樣嗎？

（訪談人：請假設我不知道。）

　　假設妳不知道喔。這要怎麼假設？這不就代表妳知道？

　　嗯……欸……金湯村是個假的城鎮，沒有居民，蓋出來只是給國軍演習用的。整個村子是長方形，南北比較長，東西比

較窄，裡面有三條南北縱向的巷道，然後還有一大堆擋路的沙包和掩體，跑一跑會被擋住。我畫個圖好了（圖03）。

　　我的排分到中央十字路口以北的一半家屋，大概二十間吧。因為勝利的條件是把對手全部殺光，所以我決定都不放防守，全部人衝到南邊去打。可是因為中間有很多會擋路的沙包，所以我決定從外圍兩側繞過去南邊。

　　我把我的人分兩半，一半是我帶，另一半是龍哥帶。啊，龍哥叫吳俊龍，他年紀很大，所以大家都叫他龍哥。

　　龍哥從西邊繞過去，我走東邊。我和龍哥約定，等到演習

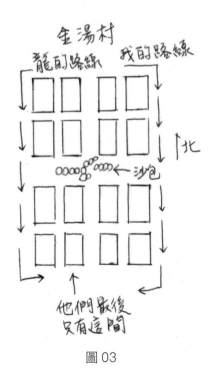

圖 03

開始的廣播聲一停，我們各自數十秒，然後分頭帶所有人往南邊衝鋒前進。

我猜醫生應該會沿路每間都放一點人一點人這樣，他是會想要防守的個性，所以我的計劃是跑過每間他們佔的家屋，就丟一顆煙霧彈丟進去。等他們人撤退出來，立刻開火打。這次演習沒發空包彈，是用哨子嗶嗶的哨音代表開槍，所以可以無限開火。

我要大家一路跑一路打，目標是衝到最南側廣場後邊的樹林，直接深入敵軍陣地底部，在那邊建立一個包圍網。我猜他們指揮所是設在最南側的某間家屋。發現之後也是丟煙霧彈進去，把他們趕出來，殺掉。

我這樣講你聽得懂嗎？從我們的窩突然跑出來，讓對手嚇一跳逃回去老家，然後我們把他們的老家圍住，把他們幹掉這樣。

當然這樣打是很冒險啦，有可能還沒圍起來就被他們殺光了，但我想死光也下課囉！沒差啦。

同學都很有默契了，一講就懂。而且因為是最後一次演習，他們都在說什麼「我回去就要和女朋友結婚了！」像電影那樣，講這種話一定會死掉。

（訪談人：命令下達完之後，立刻分頭帶開了嗎？）

對，龍哥把人帶走了，我這邊剩十幾個人，我帶他們到最東北角的家屋外面，靠牆坐下來，清查槍枝刺刀之類的。有同

學還問說要不要槍機報數，大家都覺得這問題超靠北。

　　清完了，我要大家上刺刀，拿槍左三圈右三圈跳一跳，確定東西不會掉。大家都很認真的跳了。本來大家上課都已經在賣老，越來越混，但大概是因為早上掉槍機吧，這時跳得很認真，怕跑一跑又掉裝。

　　然後等十一點開打。我無聊到在檢查我的槍，就推開那個結合插梢，把槍身打開，讓槍機自然滑出來，再把槍機推回去，抖一抖槍身，看槍機要怎樣才會滑出來。

　　我覺得唯一的可能是結合插梢鬆了，然後整組槍身分離，角度又剛好能讓槍機滑下來。但這機率太低了，因為槍身若從「1」字變「ㄑ」字型，背在身上會立刻感覺到槍「軟掉」。

　　但插梢不難推開，像我們這些老手，只要三、五秒就可以推開插梢拿走槍機，再結合回去。只要沒人看到，或是同伙幫忙擋住別人的視線，就可能快速大部分解結合。

（訪談人：那你覺得誰最可能呢？或是什麼時段有可能這樣做呢？）

　　我有想過很多次。但我沒想出什麼答案耶。

　　去武管室取槍的時候還不是很亮，又剛起床，腦筋頓頓的不太清楚。而且有人在分解結合，大家也不會覺得奇怪吧，因為同學很多人習慣玩槍。

　　我覺得最可能偷拿的時候，是副中隊長叫大家檢查槍機的時候。有些同學可能不是打開防塵蓋來看，而是直接拆開槍身

來看。大概只有軍械班的知道打開防塵蓋就能看到槍機，其他同學大概一半一半。一半會拆槍來看，像脫褲子放屁。

如果是這樣分解來看槍機，那就有機會偷了，因為旁邊的人不會覺得奇怪。旁邊的人可能也在檢查自己的槍機。我們一個人都拿了三四把以上。

（訪談人：所以這是你想到最可能偷槍的狀況？）

對。其他的我實在想不太出來。我也不知道誰最可能。這樣誰都有可能。

（訪談人：那當天演習課檢查完裝備之後呢？）

我看時間差不多，慢慢移動到房子轉角邊邊，隨時可以衝的地方。從那邊探出頭，就可能被南邊的狙擊手打到。所以大家都躲在我身後，排成一列這樣。

我叫前面幾個人要拿煙霧彈。大概是因為早上掉槍機，大家都超怕掉煙霧彈的，很多人都放在腿邊側掛的防毒面具攜行袋。我們都是腿掛的，比較帥氣。雖然規定是要腰掛。

我最後告訴大家，等下看我衝，就不待命令跟著衝。如果我陣亡，還是衝到底，建構陣地後，在那邊選出新的排長。因為以哨音代替子彈，所以哨子先含在嘴裡，看到識別帶是藍的，直接嗶掉他。

然後廣播喇叭「咖答」打開。教官報說：「現在時間，么

么洞洞（11:00），演習開始。」接著又「咖答」一聲關掉。

　　我對自己人舉右手，用手指比：「七、六、五、四、三、二、一。走！」

　　啊，開打是十一點整，所以後面我還要講嗎？

七，
勝利的把握
一定在我們手裡

訪談形式：問卷訪談（由受訪者所屬單位保防人員進行）

受訪者：陳加智少尉

主題：民國98年1月5日，11:00至12:00，演習課程與回營。

（請先自我介紹，並以文字或圖表說明當天早上十一點到十二點之間發生的事件。請盡可能詳述人數、時間等數字，若不太確定的部分，也請特別註記。）

一

所以都是我講，副連你打字嗎？好。

我問這個你都輸入喔！有規定喔？那我盡量不要亂講，不然什麼髒話都被錄進去。哈哈。副連你要幫我把廢話都刪掉耶，不要害我沒辦法退伍。

好，要自我介紹喔？怎麼介紹？像應徵工作嗎？副連你什麼都不知道，我是要怎麼回答啦？好啦好啦！

我叫陳加智，在外面的職業是醫生，但我在軍隊不是當醫官，只是最普通的步兵官。我是五十八期一梯預官，現在是在這邊帶新兵。

掉槍機是在一月份，那時我在步兵學校，一大隊五中隊。

我們是很歡樂的班隊呢。我預官班隊的名稱叫步兵隊，同

大隊還有另外一個預官班隊叫機步隊，他們是在一中隊，好像才三十幾個人。我們掉槍機的時候他們已經結訓離開了。

預官步兵隊人很多，有兩百多個，分成三個中隊，我們五中隊的步兵隊每天都超歡樂的，一直出包。

因為我是學醫的，所以同梯習慣叫我醫生。但我覺得不太好意思，因為同梯裡面有好幾個醫生。

我們醫學系大學畢業已經比其他人老了，我又是拿到碩士才來當兵，所以年紀只比博士的同梯小一點。

不過我體能還保持的不錯，我第一次跑五百障礙，就贏陸官第一名畢業的排長。

但要講其他軍人職能，像是喊口令、帶隊什麼的，我就沒那麼強。這絕對不是我謙虛，我同梯預官太多怪獸。一堆妖魔鬼怪，大家都說我們是牛鬼蛇神預官隊。

二

我可以講我聯想到的事嗎？上面沒講？

我同梯的醫生真的很多，光五中隊就有三、四個，一大隊的三個中隊加起來更多。有次在步校後山的東山教練場打野戰演習，大家都躲在壕溝、散兵坑裡等待攻擊命令。

等很久都只是在發呆。後來教官突然拿大聲公廣播，說有同學中暑，請學醫的同學盡快到某戰壕幫忙。

我把槍交給鄰兵後跑過去，發現一口氣來了七八個同梯，都是醫生，然後來當步兵官的。看到這麼多同行挺身而出，真

的覺得很驕傲。

這樣講會不會很奇怪？所以人家都沒說要怎麼講喔？

三

那我還要講自我介紹嗎？

還有什麼能講呢？和步校相關的喔？那我就講組車隊的事好了。我沒當幹部，好像也只有這件事可以講。

我有強迫症，看到不整齊或不理性的東西，會想辦法修正，就算不是我的事，我也會主動出手去喬到好。這是個壞習慣，至少在國軍中是個壞習慣啦，因為國軍就是一團亂的地方，沒效率。而我看沒效率的事，就會忍不住出手，然後累死自己。

但就算是這樣累，在步校也比在部隊要快樂。副連你不要生氣喔！這是因為步校的同梯比較懂我在幹嘛，他們會配合。

我想講的是組車隊的事情。步兵學校在鳳山，離左營高鐵站很遠，如果放假要趕回中北部，就要搶搭校門口的計程車殺去左營高鐵站。

正常放假會有兩千人同時擠出校門，而校門口了不起擠一百台計程車，這當然會供需失衡。

第一次放假，我看到搶計程車根本是地獄，我就向那天搭的計程車司機要名片，也討論預約車隊來載的可能性。

司機所屬的車行後來也同意，所以那次收假回營，我就拿自製的共乘表，邀請要搭高鐵的同學加入我組的車隊。

當時我只向車行要五台車，總共能坐二十個同學。因為量

大，每個人只收八十，比公定價一人一百要低。

　　我沒抽傭金，所以能把價格壓低。第一批加我車隊的同學享受到尊爵不凡的服務後，我的車隊就越來越壯大了。

　　到了最後一次休假，就是掉槍機之前的那次元旦連假，我旗下已經有十二台車，搭車的人也不限於五中隊，還有一中隊和三中隊的同學。

　　但是步兵隊的狠角色很多，我建立自己的車隊後，也有其他同學自組車隊，但都拼不過我的場子。這點我很自豪，一定要講一下。

　　每個星期天晚上，大家一收假回來，就搶著找我登記週五放假的車位，因為早訂還可以決定座位與餐點。

　　我和校門口附近的店家談好，只要先劃單訂購，週五當天下午六點離營，大家衝上自己的那台車時，每個人的座位上都已經放好自己訂的飲料與晚餐，可以在車上先吃，就不用到高鐵站時匆忙買票又要找吃的。

　　錢都統一付給計程車司機，一切白紙黑字，不用擔心錯帳。

　　到最後整個生產線都很有經驗，我們車隊可以做到同學上車時，雞排還是脆的，手搖杯飲料還沒流汗。

　　我做這些完全沒賺錢，因為我還蠻有錢的。我是醫生啊。

　　我只是覺得事情應該有效率，不然我會很不爽。步兵隊的同梯都懂我，所以我和他們合作愉快，也不會想收什麼錢。

　　對了，這樣自我介紹夠多了嗎？應該夠了吧？副連你說夠就夠喔！

四

　所以接下來是要講十一點的事嗎？為什麼是十一點？沒講
喔。

　啊！會不會是因為十一點的時候，我在帶演習排？在打演
習啦！

　可是這樣突然叫我想，我實在想不出來什麼可以講的耶。

　應該去問那些幹部，他們可能想得起來，因為他們會寫筆
記。我只有當時放在夾鏈袋裡面的一些爛紙。

　所以可以看著紙講？可以喔？好。副連你等我，我找一下。

　十一點，我們是在金湯村，就步校的城鎮戰演習場。我帶
一個排，我同學帶另一個排。那個同學叫王什麼豪，我們都叫
他饅頭哥，他帶另外一個排。我們是十一點開始打。但一開打，
我的這一排立刻被打爆。

　我的人都退到最後一間家屋，大家連滾帶爬逃進去的。但
我不意外耶，因為對手是我們五中隊的進攻之神饅頭哥。

　他真的很厲害，他的戰術我完全沒想到。

　我們是被突襲、包圍，然後一路退，退到最後一間房子，
才勉強建立防守陣地。

　他們試圖打這最後一間家屋，打了兩三波，但都被我們打
退了。

　不過那只是一間平房，像農村的那種平房，連隔間都沒有，
就四面牆。

　而且我們的北、西、東三面都是比較高的房子，連最重要

那間三層樓透天都被饅頭哥的人佔了，南方樹林也有饅頭哥的人。

　　我穩住陣腳後派了警戒兵出去，他們回報也說是完全被包圍了，對方還有狙擊手。

　　被打的時候，因為敵軍先丟煙霧彈，所以我這邊的人看到起煙，立刻跑了，跑來跑去，結果都順利退回最後一間。就一堆俗辣。

　　而且都沒人被判定陣亡哦，我想應該是煙霧太大，裁判官看不到或不在接戰點。

　　我們之後就是一直在房子裡面等。剩下的事我現在一時想不太起來。

　　副連等一下，讓我想一下。

　　欸，我可以隨便講嗎？我是記得一些對話啦，但詳細的句子記不起來。反正是要交東西上去是吧。好喔，那我想到什麼說什麼。不太清楚的也盡量掰。

五

　　除了警戒兵以外的同學，都在房子裡面坐著、躺著休息。大家都躲在外面看不到的死角，怕被狙擊手打到。

　　因為是醫生嘛，所以我先問有沒有人受傷。因為跑來跑去，滾來滾去，大家多少都有點小擦傷。

　　那些傷都可以簡單處理，可是我打開醫務包，卻沒人想用。應該是怕麻煩到我，或是用了之後還要申請補料。最後一天了，不想多生事。

134

六

大家一直聊天啊。聊一些廢話啦，像是「我們至少在房子裡面，他們還在草叢裡！」就很自爽。

也有人想到，如果對方還有煙霧彈，丟一發進來就糟糕了。

是可以戴防毒面具啦！但有人面具的濾毒罐早就斷掉了。聊到這一段的時候，濾毒罐斷掉的人問說怎麼辦，老頭還接著說「尚饗！」就是去死的意思。

老頭是個年紀比較大的同學，姓鍾，成功嶺新訓的連長叫他老頭，同學之後也習慣叫他老頭。

七

一段時間以後，老頭提議派人去換警戒兵。我覺得這建議不錯，我才要開口，老頭搶先一步叫摸魚哥和摸魚弟去。這兩個人是我們同學之中最混的。

老頭還用槍上的刺刀戳他們，但一樣叫不動那兩個混仙。

我後來派了幾個人去把外面的警戒兵換回來，但沒摸魚哥和摸魚弟，因為我知道這兩個出去也不會認真警戒。

八

我好像一直在想該怎麼辦。因為是十一點開打，所以通常會是十一點半結束。要在時間結束之前動作才行，不然可能會被教官罵。

這時我突然接到手機，嚇我一大跳。突然震動這樣。我聽不出來是誰打的，但他自己說他是徐偉業啦。徐偉業是我們的實習中隊長，當時他在敵軍那邊。他打電話是來談判。

　　徐偉業在部隊中一直都是負責協調，長官叫他下來談，我們派他上去談，當時他是代表敵軍那個排來談。他說我們兩邊這樣卡著，會一直趴到下課。

　　我說，那叫饅頭哥打過來呀！饅頭哥是他們的排長。我也沒什麼好怕的，反正現在是弱勢。

　　但徐偉業說，他們那邊算過，如果主動進攻，碰到我們的固定陣地會死很多人，所以他們不想動。

　　靠，可是我們這邊主動進攻，也會死掉很多人呀。

　　啊對了，我有對徐偉業說，這場不是比佔領家屋數量，是要打到死光。所以你們不出來打，我們可以一直躺在裡面睡覺，最後就是平手。

　　結果徐偉業還威脅我說「我要跟教官說你們在睡覺哦！」靠，這根本是小學生在告老師嘛！

　　其實教官真的可以看到我們，因為天花板上有攝影機，是連結回金湯村辦公室的。那角度看不到我，只會看到阿財他們在地上睡覺。阿財是我們同梯裡面最好笑的人。

　　九

　　是我掛電話的。

　　如果想贏，我們也只能主動出去打，因為饅頭哥是進攻高

手，他防守不太行的樣子。我們衝出去打，說不定有機會。

這個饅頭哥進攻真的很強，他的代表作是野戰排攻擊測考。

那天我們是從東山教練場一路往陸軍官校打回來。應該是倒數第二關吧？在震撼教練場，那個科目是部隊行軍到山谷中，突然被山上埋伏的機槍掃射，然後你要想辦爬山去把機槍堡拆掉。

每一個班隊都會經過這一關，但是從陸官正期分科班，到我們這種有腦力沒體力的預官步兵隊，幾乎每個演習排碰到這一關都被打爛，也都被教官幹爆。

但饅頭哥不一樣。他雖然也被機槍定在地上不能動，但他趴在地上完全沒抬頭哦！只用無線電指揮部隊移動，很快把那機槍堡拆了。還一個人都沒死。

最後參加測考的班隊全都被教官叫回來，排排站「欣賞」饅頭哥那個演習排再把戰鬥過程跑一次。

我已經忘了他們到底怎麼跑的，我只記得教官鬼吼鬼叫罵說「幾百人就這一排有腦嗎！！！」

十

喔，要講掉槍機當天十一點的事。靠，我想不起來啊，想到都是有的沒有的事。

後來喔？後來是我們打出去的。我帶大家打出去。

接完電話沒多久，我覺得一直耍廢不行，就出來說「各位弟兄辛苦了。」要命令下達啦。

但大家全都反對啊，都在說「你要反攻大陸喔！」「沒去過中正堂嗎？學習蔣公龜縮的精神好不好！」

　　我鼓勵他們說，最後一天啦！最後一場演習啦！各位，再跑一次好不好！當是畢業旅行，出去玩一玩也好嘛，出去一秒被判定陣亡也好呀！我就這樣拍拍手鼓勵大家。

　　那些躺在地上的屍體都回說什麼「不用人家來判定，我已經判定自己為國捐軀了。」「請把我和槍機埋在一起。」早上才剛掉槍機，他們還有心情拿來當梗，真的是很歡樂。

十一

　　因為牆上有寫「國家、責任、榮譽」，所以我指著那個標語，要大家至少配合演一下。

　　結果他們扯說哪有國家、責任、榮譽，只有個人、壓力和什麼……好像是恐懼吧？這種正經話居然還是阿財說的。

　　我會記得這個，是因為他馬上被同學吐槽說他哪裡是「個人、壓力、恐懼」應該是「個人、壓力、胸部」還是「個人、胸部、壓到」之類的。

　　啊對，我勸大家說這是最後一次玩演習，以後大家出去要玩生存遊戲都很貴哦！結果還是沒人想動。

　　阿財還說他只想射殺那些玩生存遊戲的人。

十二

　　後來我們還是出去打。是我拗老頭，老頭再去拗大家的。

老頭常被架出來處理一些很難擺平的事。

他怎麼勸大家出來喔？我記得是他發現對手都上刺刀。

我們一般演習是不會上刺刀，因為槍頭會變重。老頭說這代表對手要互捅，那我們也去捅他們，反正學了刺槍術都沒用到。

雖然這樣對捅很危險，但大家覺得有意思，終於願意出動。

十三

戰術嗎？我們也有煙霧彈，而且都還沒用到，所以我約定時間，有彈的人同時往屋子外面丟出去。

煙起來時，大家匍匐前進爬出去，這樣也不用戴防毒面具。

爬出煙幕各自起來衝鋒，往南邊衝，見到敵人就刺槍戰，對手嚇一跳想對打時，立刻改吹哨子，意思是開槍打他們，這樣等於是用騙的，可以幹掉不少人。

衝完南邊之後衝北邊，看到人就和他拼刺刀，或是開槍，一路打到死光。

十四

我們都準備好，還在想什麼時候發動攻擊，我的手機又在震動，我看是徐偉業打來的，這時出去可以殺他個措手不及，所以下令十秒後發動攻擊。

就倒數五四三二一，然後有煙霧彈的人把彈丟出去，等煙霧一起來，全衝啦！

十五

往南邊的進攻很成功。我是在折返往北衝的路上，被裁判官迎面判死的。

我滾倒在沙包掩體旁邊，躺著看其他同學衝過去。最後我附近也躺了一堆人，都是被沙包卡住，然後死在這邊的。

我還看到有同學真的在打刺槍戰，槍托還很大力對撞了一下，就刺槍術的「砍劈」打到。我還以為他們的槍會打到解體咧！

他們很快喊暫停，檢查自己的槍有沒有東西掉下來。這真的好好笑，實戰還按暫停的。

因為才掉槍機，大家比較怕掉東西。

然後是長時間的安靜。沒有哨音，也沒叫喊，煙霧慢慢散掉。很快就是結束廣播，大家都直接「復活」站起來，像僵屍慢慢走回教學鋼棚。

十六

沒人討論過程耶。反正最後一戰就打完了。要演的也演完了。之後大家去不同的部隊，很多人是像我現在這樣在新訓中心帶新兵，也沒機會再跑這種演習了。

十七

教官最後稱讚我們喔！大家入座後，他馬上叫「注意」，說他看我們跑演習，很感慨。我本來以為是要罵我們亂打，但他是稱讚饅頭哥那個排戰術很不錯，很快把我們逼到最後一間。

教官說他本來以為我們會擺爛到下課，沒想到還出來殺一場。

他最後講了一句：「日久見人心。」

他之前上課還說過跑演習是「以不流汗為原則」，我以為他是很混的人，沒想到他心中還頗熱血。

十八

教官宣布下課，我們值星官出來做裝備清查，花了五、六分鐘，怕的當然是東西在演習過程中掉了。清好之後就出發下山囉。

這時開始下雨。隊伍轉上先鋒路時，雨越來越大，有人問「要穿雨衣嗎？」但反對穿的人很多，因為回去還要整理雨衣。值星官只好加速帶隊走下山。

因為走很快，隊伍有點亂掉。

應該是從轉向大下坡那邊吧，可以看到核生化教室那邊，我注意到前面有個同學把背著的槍放下來，倒轉槍口向下，再背回去。

其他同學看到了，也紛紛倒轉槍口，再背回去。排頭的同學聽到聲音，回頭看到，也把槍倒轉再背回去。不到一分鐘，全中隊的槍口都已經朝下了。

我當然也這樣做。怕槍口進水，如果進水可能會生鏽，所以把槍口倒轉向下，進的水會少一點。

　　沒下命令喔，都是發自內心的動作喔。這都不是我們自己的槍，以後也不會用到這些槍，但是大家都還是在保護這些槍。

　　現在想來還是蠻感動的。大多數同學都是好人。

　　我們走到先鋒路底的校區門口時，差不多正好十二點。所以我這段就是講到十二點吧？

　　應該沒機會回去那片後山了。沒想到就這樣離開了。有點懷念耶。應該說是遺憾。

（記錄人員已依事件時間調整各段順序）

八、

國軍的責任
就是顛覆政權

訪談形式：面訪

受訪者：楊德賓少尉

主題：民國 98 年 1 月 5 日，12:00 至 13:00，中午用餐時間。

（訪談人：請自我介紹。因為前一段講過了，只要講姓名職級。）

　　少尉排長楊德賓。這樣 ok 哦？

（訪談人：說明十二點到一點之間你所看到的狀況。）

　　中午吃飯的時候，中隊長大發飆哦！超屌的！

　　我帶隊從後山衝回來的時候，已經差不多 12 點了。我帶大家把槍枝入庫，就下令 12 點 15 分在後集合場整隊去用餐。但是很多同學沒在鳥我，12 點 18 分我到後集合場的時候，人才大概到一半。我不管剩下的人，直接出發吃飯。

　　但我們還是太晚到，菜都快被專軍隊的人吃光了，每個菜桶都只剩差不多十分之一。負責打菜的專軍隊學妹都慌了，她們以為我們不會回來吃，都分給專軍隊的人吃。

　　我們步兵隊的同學雖然大概知道原因，但他們就是雞巴人嘛，故意站在女生面前大呼小叫說：「不要以為派一堆妹就可以呼攏我們！」可是光是喊，菜也不會跑出來啊。

（訪談人：你當時是怎麼處理的？）

　　中隊長和副中隊長都在場，要找他們解決。我才走去問，阿財又故意大喊說什麼「義務役不是人呀！」

　　阿財叫陳運財，很常亂講話，專門哪壺不開提哪壺。他這樣喊，志願役和義務役都超尷尬，整個餐廳的人都轉頭過來看。

　　但我們對「吃飯」這件事哦，都有很深的怨念。如果我們在前山的校區上課，餐車會先送給後山的班隊，如果我們在後山上課，餐車會先送前山的班隊。

　　主課教官經常讓我們 11 點多就可以吃飯，但送餐的卡車常要 12 點 30 以後才到。所以後山的阿鳳姊就很重要了哦，很多人根本不吃軍餐，都是吃小蜜蜂賣的東西，搞不好還比較營養。

　　有次在後山上演習課，教官是讓我們 11 點整開始用餐，但是兩百多人一直等到下午 1 點，送餐卡車都沒來。還在等餐車的同學吵說要打 1985 申訴，還舉步槍開罵哦！口袋還有子彈哦！雖然是空包彈啦，但感覺像武昌起義前的三分鐘。啊對哦，老頭說這是「午餐起義」。

　　當時三個中隊的值星官開會討論，最後是一中隊的值星官代表出來講話，他站在石頭上說，如果我們同時打 1985，國防部會當機，所以等到 1 點 15 分，如果餐車還沒來，就由他代表打 1985。眾人都鼓掌同意。

　　最後送餐卡車在 1 點 13 分到，超驚險哦！

　　吃飯的問題我們反應了很多次，1985 也打爆了，參謀主任也出面處理，還是沒辦法解決哦。上面都推說是行車路線安排，

但步兵隊不論在哪，都是最慢收到餐的班隊，所以大家覺得送餐路線安排是志願役優先，義務役最後。那當然會覺得「義務役不是人」了。

（訪談人：所以當天中午沒菜的問題是怎麼處理的？）

徐偉業請打菜的學妹先給排前面的步兵隊同學標準菜量，剩下不夠的部分，他就到處去問。廚房說都沒菜了，叫他去和其他中隊借餐檯上的菜。但是他跑了一圈，每個中隊都是空空如也，因為已經快十二點半了啊。

我們兩個回到幹部桌報告狀況。中隊長很不爽，一直問，「為什麼會這樣？」

徐偉業說，可能是因為打菜的學妹經驗比較不夠，所以打比較多的菜量給專軍隊。徐偉業這樣講，專軍隊的實習中隊長當然很不爽。他也在幹部桌喔！我們都叫他臭臉哥，本來臉就很臭了，現在更臭。

臭臉哥說，打菜的學妹應該是以為步兵隊不會回來用餐。徐偉業就吐槽他說，如果步兵隊不回來，代表菜會送山上，那餐廳的配菜會少三分之二以上。

徐偉業講得是沒錯啦，但是，靠，那個臭臉哥居然抓徐偉業的語病，說徐偉業對他講話沒加「報告學長」。

比較早升少尉，好囂張哦！我好怕哦！但徐偉業很冷靜，加個「報告學長」，繼續罵說問題是現在步兵隊沒菜，而菜是被專軍班吃掉的。這個問題要解決，不然等下步兵隊同學又去

申訴，會造成長官的麻煩。

哦靠這真的很屌，把中隊長拉進來了，我覺得是高招啦。當然臭臉哥更不爽，說什麼，難不成要我的人吐出來給你們吃啦，你們今天掉槍機造成我們困擾，都還沒道歉什麼的。靠這真的越扯越遠。

徐偉業也生氣了，回罵說「報告學長，所以是我們掉槍機造成你們的麻煩，所以你們把我們的菜吃掉嗎？」兩個人一直互嗆。

（訪談人：那個值星的學妹不在嗎？）

哦！她在！學妹看他們兩個吵很兇，在旁邊說專軍隊在冰箱放了一些冷凍水餃，可以請餐廳煮給五中隊的人吃。臭臉哥一聽更是大爆炸，說那些那些水餃是上次我們步兵隊偷吃他們的宵夜，後來賠給他們的東西，沒道理現在又拿給步兵隊吃。

靠，臭臉哥雖然很雞巴，但他講得沒錯。專軍隊剛來的時候，有天我們步兵隊夜間演習結束，回到中山室，同學發現裡面放了兩大鍋剛煮好的水餃哦，超棒的，所以當宵夜吃光了。

沒想到那些水餃是專軍隊的，是他們演習回來要吃的哦。亂吃人家的東西，當然是我們的錯，所以後來是用我們自己的福利金賠了幾袋冷凍水餃給專軍隊。

（訪談人：那現場沒菜的問題是怎麼解決的？）

徐偉業後來和副中隊長討論解決方案。但講兩句又繞回那些冷凍水餃，副中隊長問臭臉哥說，可不可以協調他們先把水餃借出來，因為專軍隊是把步兵隊的菜吃掉了，所以把水餃還給步兵隊，也算合理哦。

　　沒想到臭臉哥不買帳，他很兇的說那是他們的財產，還說，「吃白飯配鹹湯也是一餐啊！」

　　中隊長這時終於聽不下去，問臭臉哥說：「你對副中隊長說什麼？」

　　臭臉哥不敢回嘴。中隊長又再問一次：「你對副中隊長說什麼？」

　　臭臉哥還是沒講話，一臉龜樣。中隊長就越來越大聲了，一直罵說：「你對副中隊長這種口氣，還敢叫別人對你講話要加『報告學長』啊？你什麼東西？學長很屌嗎？」

　　全餐廳的人又都轉頭看向這一桌哦。中隊長繼續發飆，說現在步兵隊沒東西吃，怎麼辦？怎麼辦？怎麼辦！他講話越來越大聲，大家都不敢回話，都頭低低的。

　　中隊長突然站起來大罵：「那通通都不要吃呀！」直接把幹部桌掀翻掉哦！「冰豆」喔！鐵桌耶！靠，鐵桌直接翻哦！桌上的餐盤和飯菜也全部都噴了！桌子是翻九十度落地，「乓」一聲超大聲。還好第二桌沒人，不然一身都是菜哦。真的變菜兵、菜排。

　　然後整個餐廳超安靜。我、徐偉業、副中隊長、臭臉哥，學妹，全都不敢動哦。雖然他們坐著的人，在桌子飛起來的時候，有往後閃了一下啦。

我斜眼偷看餐廳司令台上的大隊長，大隊長很鎮定，只轉頭看了一眼，然後繼續吃飯。哦靠，可能是大隊長見多識廣，嚇不了他，也可能是「冰豆」在部隊很常見。雖然我是第一次看到。之後也沒看到過。

　　中隊長帥氣翻桌之後，什麼都沒說的離開了，留一個爛攤子給大家這樣。但掃地事小，吃飯問題還是要解決啊！

　　我看到副中隊長繞過來，拉著徐偉業袖子說：「煮水餃也來不及了，一大隊沒菜，快去二大隊協調看看。」

　　徐偉業連忙說好，命令我留下來說明和清理，他就出發去找菜。

（訪談人：所以副中隊長接手現場？）

　　對，她下一串命令，像要我們兩個值星官先指揮沒事或沒飯吃的人把場子收拾一下。然後她去向大隊長報告狀況。

　　我才轉身要找同學來清，幾個手腳比較快的同學已經拿畚斗和掃帚，和餐廳班學妹們一起清地上的飯菜和餐盤。臭臉哥和另外幾個專軍隊的男生把翻掉的桌子翻回來擺好。哦靠，因為被翻桌的是他，他臉色臭到比大便還臭。

　　值星學妹也拿拖把回來，自己一個人拖，但很沒力的樣子，所以我過去和她要過來拖。我接過拖把的時候，發現她的手還在挫，在抖。應該是被中隊長嚇到了，因為翻桌時她坐在桌子旁啊。

　　現場很快收拾好，徐偉業回來說二大隊還有一點菜，可以

借，但我們要出幾個人去抬。我就調度排隊的最後三個人和他一起過去抬。然後副中隊長回來說，她已經和大隊長報告了，大隊長說不用擔心，他會和中隊長溝通。看來狀況大概是搞定啦。

這時值星學妹好心的說，他們都吃飽了，可是我和徐偉業的餐盤都噴了，等下如果搬菜來，還是沒得吃。

不過學妹真的想太多了哦，因為我們才剛從山上下來，身上還有演習用餐的透明塑膠袋哦！因為沒辦法帶餐具去演習，所以在山上吃飯都是用透明塑膠袋，我們會把飯菜全裝進去，捏成大飯團，就可以開吃哦！雖然這種吃法很像是在「吃噴（餿水）」，但超方便。

我拿出塑膠袋給她們兩個看，她們也都懂，在那邊笑。

（訪談人：所以馬上用餐嗎？）

清理完，還沒搬菜回來的時候，大家有坐著小聊一下。

臭臉哥大概是不好意思，說他要回去休息。副中隊長很客氣的說，他是專軍隊的頭，要保持基本的禮儀，和其他班隊好好相處。

但臭臉哥居然開嗆哦！他是很禮貌說「報告副中隊長」，然後罵她今天早上取槍出狀況，害大家一整個上午都還處理不完什麼的，而且說她只不過早進來一兩年，不用在這邊裝老。然後請示離開這樣。

哦靠，他剛剛還怪人沒叫他學長耶，現在講說副中隊長沒

老多少，連我這種脾氣算好的人，都想電臭臉哥了！

　　副中隊長是笑著反嗆說：「你是學員，我是幹部，你這樣對我講話沒好處。」超酷的啦！

　　但臭臉哥還是嗆說，他們在這邊會這麼不順，「不都是因為這些少爺！」說我們步兵隊啦！嗆完他就對副中隊長敬個禮，繞跑了。

　　靠我突然被燒到，實在是很不爽，但我反應比較慢，來不及回嗆，只能看著他走掉。副中隊長也很無奈，說這種人她也沒辦法，不過我們步兵隊剩不到 24 小時，就多擔待。我立刻回：「報告，沒問題哦！」

　　然後就是等徐偉業回來。

（訪談人：值星學妹沒說什麼嗎？）

　　我印象中，學妹是拿她的值星小本本在寫東西。副中隊長後來在自己的位子上發呆。

　　看到學妹在寫，我也拿小本本出來寫。也沒有要寫什麼，只是把發生的鳥事寫一寫，就剛剛我講的那些。你看我寫「12:44」，應該是這時的時間吧？

　　啊對了，我看到學妹歪頭在和副中隊長很小聲的講話。她們看起來和好了耶。搞不好是因為都很討厭臭臉哥哦。

（訪談人：餐點後續的處理狀況呢？）

徐偉業他們搬回來的菜量還算蠻多的。等步兵隊的成員全打好菜，開始用餐，都已經快 12 點 50 了。

　　因為沒胃口，我坐到其他步兵隊同學那邊閒聊，順便提醒他們 1 點 10 分要集合。我聊得正爽的時候，有人突然從後面戳我說：「你不吃嗎？塑膠袋咧？」

　　是值星學妹哦，她端了一整盤新的飯菜和碗筷給我。不知道是哪邊弄來的餐盤。當然她這樣端來，其他步兵隊同學都哦哦哦哦，說是愛妻便當。

　　但學妹放下就走了，好像沒聽到。

　　我快快吃完，吃完差不多正好是一點整。

九，

紙做的營房
流不動的兵

訪談形式：面訪

受訪者：陳運財少尉

主題：民國 98 年 1 月 5 日，13：00 至 14：00，帶隊準備結業
　　　式會場。

（訪談人：請自我介紹）

　　我是陳運財。名字有點俗，但人很潮啦！我沒打算改名喔，
因為在這個時代，越土的就越潮，好唄！我本身就是個潮牌！

　　我在這邊是教小朋友化學的排長，但這無損我的軍事專業！
我是一個正統的純種步兵排長！我是純走路的！絕對不像機步
他們是搭車車的！這是種尊嚴，妳懂嗎！不懂也沒關係。

　　掉槍機當天，我人在步兵學校啦！就現在這間預校的對面。
當時我只是個普通的少尉。

　　我在步校、在軍隊的生存之道，就是讓大家開心；我自己
開不開心不重要，反正大家開心，我就開心。

　　我雖然態度輕鬆，但內心嚴肅！我認為當兵是個男人必經
的過程，一年很快就過，所以看開點，沒什麼放不下的。

　　妳們要問掉槍機啊！這個事一定很多同學放不下，但就算
放不下，時間還是會過去，人也會過去，說不定還過世咧！所
以為什麼不過得開心一點呢？

自我介紹的部分，我就簡單報告到這。有沒有很簡短？

（訪談人：關於當天下午一點到兩點之間，帶隊去準備結業式場地的過程，你還記得什麼？）

這麼剛好！我的筆記本有記錄！而且剛好是這一段，哈哈。

欸？對啊！我會什麼會記這一段？啊！因為是我帶隊啊！對對。

當天上面律定幾點集合我不知道，沒記。我猜應該是么三么洞（13:10）集合吧。應該是吧，不過我總是比較晚到。雖然大家都說我是最晚到，但我覺得還好耶，不至於吧！頂多晚一點點。

這次集合是要去抬東西，所以啥裝備都不用帶，同學的動作特別快。我之所以慢，是一種堅持，是一種生活風格，life style！好唄？

（訪談人：整理部隊時有什麼值得一提的狀況嗎？）

這我沒記耶！我想值星官應該是下令各班班長清查人數吧！當天的值星官是那個姓楊的同學，我們都叫他楊天兵，楊天天，因為他「天天」的，搞不清楚狀況。

我想起來啦！清查人數的時候有出狀況。

我也是班長，我當時是「內掃班」的班長。我往左一看，發現自家還有三人份的空洞，於是舉手回報：「報告值～星～官，

156

我的班，應到十人，實到七人，三人疑似被外星人綁架！」

天天在前面探頭問說人哪去了。這我怎麼會知道，所以我說：「可能逃亡啦！請發出逃官通報！」他沒鳥我。

等全隊都清完之後，發現只有我的班缺人，也沒人知道這些傢伙在哪。我們的實習中隊長徐偉業這時才走出大樓，天天馬上找他求救，說少了三個人。

徐偉業被問才想起來，他說吃完飯從餐廳走回來的路上，有上校向他要三個人去搬花盆，他轉身叫了三個正好經過的同學去幫忙搬。他和那上校說最晚一點五分要放人，但到現在都還沒看到人。

然後咧，徐偉業要我打電話去問這三個人，我就拿網內互打免費的亞太手機來撥。三人都撥了，但三人都沒接。我馬上回報：「報告，看來三人真的逃官了，請速發出追殺令！」

徐偉業和天天都很緊張。雖然我講逃官，但我想應該是不至於真的逃官，都要閃人了，沒有逃的道理，但有人「脫離部隊掌握」，還是件大事。而且才剛掉槍機，又有人脫離部隊掌握，那就一點都不好笑啦。

（訪談人：隊上正職幹部在場嗎？）

差不多在我打電話找人的時候，我們中隊長已經下樓，準備下令讓部隊出發。因為中午我們隊上出事，中隊長大發飆，現在應該還在不爽中，所以同學都默默的標齊對正，全體肅立！這就是智慧！當兵會讓男人長智慧，因為不打勤，不打懶，專

打不長眼！表面蠢，眼神笨，但能用生命體現出一種智慧！

可是徐偉業不能閃，他硬著頭皮去報告說有三員去搬花盆不見了。

中隊長超驚訝，因為他不知道有這公差。徐偉業只能把過程再講了一次，說在他中午吃完飯回來的路上，有個上校下令要他出三個人去幫忙搬花盆。

中隊長在想那上校可能是誰。上校在外面的學校很多，但軍隊裡算罕見生物。中隊長一時想不起來，所以罵徐偉業說要調動五中隊的人，不用回報給他嗎？

幹，這當然要回報。有外人來借人，是要回報主官，經主官同意才能借的。就算是高階長官要調動部隊，也不是路邊抓人就可以帶走，要上校下令給中校，中校下令給少校，少校再下令給中隊長這個上尉，才能調動他旗下的人。如果要臨時借，至少也要獲得真正的幹部同意！徐偉業這種實習的不算！

但規定是規定，大家都知道國軍是講一套做一套。你一個小少尉，走在路上，碰到上校找你要人，你能不給嗎？你還當場打電話問自己的中隊長嗎？這不是非常不給上校面子嗎？

我猜徐偉業應該是想搬個花盆用不了三五分鐘，卻沒想到這三個人到了集合時間還是失聯中。更毛的是，那個上校是誰，他也不清楚，這三個去哪搬，也不清楚。這真是完蛋蛋囉。

（訪談人：最後你們中隊長是如何解決問題呢？）

幹他哪有解決！他只會罵人，罵到徐偉業一直說自己有錯，

借人前應該是要請示中隊長。我覺得主動認錯非常棒！我給個內心的鼓掌！好寶寶貼紙一張！

但是中隊長還是一直嗆徐偉業哦！他說：「現在馬上要去中正堂搬椅子，結果我的人呢？我的人呢？」

徐偉業掰不出話，只能傻傻的站著。然後中隊長就「人呢？」「人呢？」「人呢？」每個「人呢？」都越來越大聲！直接對著徐偉業的臉噴！

我們其他人都龜在隊列中，頭不敢歪一度，頂多斜眼看著「正牌中隊長」與「實習中隊長」的八點檔人倫大悲劇。

中隊長就一直「人呢！」「人呢！！」「人呢！！！」到最後根本是用生命在吶喊！！像那個孟克的名畫一樣！

集合場上其他中隊都還在整理部隊，本來很吵鬧的，現在全被我們中隊長的霸氣震到，完全安靜。

雖然徐偉業是正面被噴，但他還是很冷靜！等中隊長一閉嘴，他想出個脫逃妙技，說要去安官桌用軍線聯絡校部長官，問全校現在有多少上校高勤官，再一一打電話去聯絡找看看。

中隊長沒多說什麼，只是看著他。兩個人又無言對看了一陣。然後中隊長說徐偉業沒資格打，要他上去找馬尾大大，就是我們的副中隊長，由她來打。副中隊長留個馬尾，很性感。我是說她馬尾很性感，本人是還好。

中隊長放徐偉業走，徐偉業一獲得脫逃令，馬上甩手來個敬禮，一秒衝進大樓裡去了。

這下現場只剩天天這個笨蛋值星官。天天跑去問中隊長說，應到六十六，三員搬花盆，實到六十三，是不是要把剩下的

六十三個人帶去搬椅子。中隊長又生氣了，說現在哪有六十三個人。

因為徐偉業上樓了啊！天天明明是理組，卻是算術小天才，會把大自然的靈體和非人生物算進來，或是扣掉一些存在感很薄弱的同學。

中隊長說，天天要留下來處理那三個人的事，現場換一個人帶隊。我當時想說，一定是我們實習副中隊長出來帶啦！他叫吳俊龍，我們都叫他龍哥，他長得很像黑道！

幹，結果這個時候，死老頭從後面踢我，我就跌出隊列。這變得好像我主動要爭取帶隊你知道嗎！老頭就是我們步兵隊一個很老的人，他很賤！很會整人！專門欺負我們這種善良老百姓！

雖然被踢出來我也嚇一跳，但我臨危不亂！馬上對中隊長敬禮說：「報告中隊長！」

中隊長瞪我說：「你要幹嘛？」

我說：「報告中隊長！我沒背過值星，想試著帶隊一次看看！」

幹我真是機智！明明是被踢出來的，卻一整個狀況內！如果說是搞笑又縮回去，以中隊長憤怒值三千萬的狀況下，鐵定會被電爆。

（訪談人：所以中隊長當場交部隊給你嗎？）

他先命令天天去勤務隊那邊問看看那三個人是不是被勤務

隊叫走了，因為勤務隊比較可能處理花盆之類的東西。然後他要龍哥幫忙帶我，和我一起帶隊過去中正堂。龍哥是我們的實習副中隊長，長得很像黑道。咦，我好像講過了。

中隊長對龍哥很和善哦！可能因為他怕黑道！

接著中隊長才要我接值星。他要我立刻上去他辦公室拿掛在牆上的紅白藍值星帶，自己背起來，下來帶剩下的人去中正堂一樓搬椅子。

我說「報告，是！」之後，使出爆發力，瞬間脫離現場衝進樓，拿了帶子又衝回來；為了怕中隊長等太久火了，我下樓的時候還大聲對腳步，「一、二、一、二」，邊跑邊把紅白藍的值星帶掛上！

但我衝出一樓大門的時候，中隊長已經不見了。我就對大家行個禮，說：「各位弟兄！實習值星班長陳運財！報到！」但大家都在幹我。

然後我馬上帶隊出發囉。

（訪談人：沒有交部隊嗎？）

中隊長可能交給龍哥了。我一下來，龍哥說現在六十一個人，要帶隊出發。從這邊開始我的筆記就有記錄！不過我覺得我記憶力很強耶，前面沒資料，也能想起很多事！

龍哥和我接頭的時候，他還以為我是自願的咧！我告訴他說我是被老頭踢出來的，他還嚇一大跳！

他問我說會不會「部隊禮」，因為我們要走四號道，可能

161

碰到高勤官，要行部隊禮。就那個「一二一二向左 ~~~ 看 ~~~ ！長官好！」的那個。

這我當然沒問題。雖然沒做過，但也看過豬走路。

（訪談人：帶隊行進過程有值得一提的事嗎？）

沒什麼事耶！大家都很乖！我說「享右！轉！」大家瞬間右轉，「轟」的一聲重踩腳步。一秒從廢人變軍人，我很滿意！果然都是軍官！

我下命令也很順！那個「待會前進時，左側四路先行，其餘各路依序跟上！」一氣呵成！我天天聽同學講，都已經會背了！

可是我正要下「齊步，走。」的時候，我們五中隊的專軍隊正好三三兩兩從我們隊伍面前經過。他們也是要集合去上課，他們的集合點在我們位置的後面，所以會經過我們行進路線。因為他們一直有人走過去，所以我先讓部隊停在原地囉。

這時專軍隊的小可愛也跑出大樓。小可愛是小小隻，很可愛的學妹！她當天剛好是值星官，看到是我在帶隊，她嚇了一跳。但這女人一定是虧心事做多了！看到我這麼剛正不阿的人，才會被我震撼！但我很有禮貌，擺手示意「Lady First！」

可是她好像聽不懂英文。她隨便舉手回個禮，跑去整隊了。幹，害我被同學吐槽說什麼「被無視了啦！」「我快哭了啦！」「性騷擾啦！」幹這哪是性騷擾。

後來同學提醒我專軍隊下來了，中隊長說不定也馬上會再

162

下來。我想也對，等專軍隊的人都通過，我馬上帶走部隊，沿四號道去中正堂搬椅子。到中正堂也不囉唆，馬上開始搬……

（訪談人：行進過程中有值得一提的狀況嗎？）

嗯……好像沒有耶。

就一直走呀！我雖然沒經驗，但排頭的很有經驗，我叫他們自動導航！

出一大隊集合場就是四號道，我們沿著路右邊往南走。步校前山有四條主要道路，分別叫一二三四號道，每條都又長又直，站在第一大隊這頭，會看不到南邊的底哦！根本是飛機跑道。所以第一次到步校的時候啊，大家都懷疑這以前是不是機場。

我們要走去中正堂，步校的大禮堂。雖然不用走到底，但也要走到過半。應該是有過半吧？我也搞不清楚。我們少很去南邊校區。

我要特別強調！我帶隊很嚴謹！因為是工作，所以完全不搞笑。我工作是很認真的！有人在隊伍中慫恿我帶大家唱「成功嶺之歌」，但我沒中計！怎麼可以在步校唱成功嶺的歌！唱了鐵定被電！

不過才走到第二個路口，考驗就出現啦。龍哥看到前方出現了不明人群，立刻轉頭通知我。我差不多同時也注意到一坨高官從校部餐廳出來，走上四號道，迎著我們的方隊走來。看帶頭者走路的樣子，我確定那是「指揮官」，步校校長是也。

163

不得了啦！龍哥才問我會不會「部隊禮」，立刻派上用場！以前路上碰到參謀主任或政戰主任，都只要一般敬禮，但我們五中隊之前的「機步士」，那票來受訓的士官隊，他們很笨，有次在後山碰到校長，沒第一時間行標準的「部隊禮」，回來之後被叫去繞方基草皮練習部隊禮！練了兩個小時！

所以全校就這個人特別麻煩，你做不好也要「意思一下」。我仔細計算部隊與指揮官的相對速度，抓開口的時機，但同學一直干擾說什麼「喊了啦！」「夠近了啦！」「快啦！」「幹快啦！」

我都亂了你知道嗎！還好我終於抓到那個節奏，就「一，二，一，二，向左~~~看~~~」全員都向左四十五度擺頭，我也向左看，然後行舉手禮大喊：「指揮官好！！！！！」

幹。校長沒鳥我，直接 pass 過去了。不過我也差點嚇死，因為我喊「指揮官好！」的時候，校長已經走過我身邊。啟動時機還是太慢啦。

有個走在校長後頭的中校代回禮，但我還不敢把手放下，等到全部長官都經過才放。最後面是一個騎腳踏車的教官，我們上過他的戰術課，他是很雞歪的人！他居然還吐槽我說：「帶的這麼爛，乾脆普通敬禮啦！」

但我還是穩！什麼反應都沒有！我撐著直到高官都經過，才「享前~~~看~~~。」但馬上被同學罵：「媽的就叫你快一點。」「要是被叫去繞方基你就剁鳥謝罪。」

還好安然過關。safe！

對了對了，因為暫時放鬆，這時我們很多人都看到天天從

左前方很遠的營舍跑出來，又跑向後面的那棟樓，然後消失在樹叢之間。我也不知道那是什麼樓。然後大家都在討論天天到底是在幹嘛，是在找槍機還是藏槍機。

因為大家聊得太開心，我當然要管理秩序啦！所以我罵：「聊天咧！行進就行進！聊個屁天！成何體統！」結果大家回嗆「屁你媽啦！」「紅白藍上身，你還以為自己是法國洋屌哦！」「有種你就不要喊一二一二，改喊種子種子啦！」

幹，講一句回十句。這些人都心胸狹窄，不能得罪的。

啊還有，快到中正堂的時候，從南校區來了一列裝甲車隊，一台接一台，看不出到底多少台。這應該是從裝甲車廠要開去後山演習的。

我們步兵隊是純種步兵，不像機械化步兵「人車一體」，我們是人車解體啦！但我們也上過幾堂甲車和戰車的課，看多啦！不怕！我還蹲在甲車甩尾路線旁邊吃過飯咧！

所以碰到甲車經過時是沒啥好奇怪的，但對方很慌張哦！最前一台的車長好像是下士，看到我們領口全是一槓，就要行軍禮，所以抓了紅旗往右前方一指，對著我大喊：「長官好！」

我記得甲車敬禮好像應該是舉黃旗吧？我也不知道啦！但人家都問好了，我當然要回禮。可是他媽的甲車的車速太快，我還沒抓好時機，第一台又開過去了。怎麼辦咧？

幹，當然裝死啦！反正一路點頭，想像自己是總統在閱兵。其他同學也是一樣酷酷的，根本沒在看甲車。

說真的喔！我們全是少尉，所以我們當然算是「軍官連」呀！受到最高等級的敬禮，也是應該的！但是我們這些軍官，

居然是要去抬椅子的，你們這些士官至少還有車車咧！幹，我這時也想到為什麼不叫車子運椅子。

等車隊過去，我們也到目的地中正堂，學校大禮堂。開訓典禮是在這辦的，結訓典禮卻不是，我聽說好像是因為參謀主任想要有國外畢業典禮的感覺，所以在圖書館後方草地上辦，要特地把椅子搬過去。結束時，當然要搬回來。超幹。國軍總是這樣，搬過來又搬過去，都是為了讓長官爽。

（訪談人：所以到中正堂之後，有什麼值得一提的狀況嗎？）

特別的狀況，好像沒有喔。就特別痛苦。

我們到中正堂時有幹部出來引導。我們六十多個人，一人要取四把椅子。大家排隊取貨完畢，就出發往回走囉。要走回去圖書館，圖書館是在一大隊附近。

幹，這種折疊鐵椅，拿一兩把還好，一口氣拿四把，手很難施力，還要走一公里，革命軍人也吃不消！我因為身為值星官，有要務在身，所以只拿兩把。雖然被很多人幹，但這是我身為幹部要承擔的壓力。

因為回程太痛苦，我也不對腳步了，讓大家勉強保持個隊型就好。

結果一堆人在那邊閒聊，可能是太痛苦了要轉移注意力。當時政府剛宣布說要發消費券，我旁邊的都在聊消費券對國家經濟的影響，什麼乘數效應的，講得好像很屌，結果最後我才知道聊消費券的那幾個，全部都理組的！幹，學商的都在旁邊

恬恬不講話！超雞掰！

　　這樣一直聊到快走到圖書館的地方，我提醒他們敵軍接近，因為那邊可能有校部大官在準備場地。但是我們的人都亂成一團，完全無法控制。有人是雙手分別舉兩把椅子，有人全堆在身後用背的，有人是抱在胸前，隊伍又拖得很長，前段隊伍一排三個人，後段卻是五個人。

　　我本來想先停下來整隊，再帶到現場，但校部長官似乎不在意哦，遠遠的跑過來指示我們，要我們照草地上的白粉標線擺椅子。有線當然最好了，省得老是在那人力標齊對正。大家一一入場依標線把椅子擺好，再退到後方的草地集合。

　　我看大家很累，乾脆不整隊，把人大概集中在一區。等同學全都離開座椅區，我叫大家坐下，休息啦！因為有紮 S 腰帶，會掛水壺，不少人就直接喝那個水壺的水。

　　我知道有人不敢喝公發鐵水壺，因為又老又髒，裡面又不方便洗，掛著根本是檢查用的。我是喝的很大方，因為我用的不是公發的，是我自己去外面買的塑膠水壺，遠看是差不多的。

　　不過我現在想喔，槍機說不定可能藏在水壺裡耶，因為很多人有兩個，一個塑膠的，一個公發的。大地震的時候是會打開來檢查，但如果有兩個水壺，那可能藏在一個裡面，再拿到樓頂或其他地方去放。中隊長好像在樓頂養小狗，也叫同學去餵過，所以那個門應該是可以開的。不過樓頂在大地震時應該也檢查過啦。

　　後來都沒我的事囉！因為天天和徐偉業帶著失蹤的三劍客歸隊了。我馬上交部隊給他們啦！

（訪談人：幹部曾經說明人是怎麼找回來的嗎？）

　　就天天跑去勤務隊問啊，副中隊長也問到是誰帶走人的，說是被勤務隊借走的啦！所以天天去帶回來。他們是被叫去先鋒路上面種花啦！本來是搬花盆，後來變幫忙種花。國軍都馬這樣，講甲車來戰車。

（訪談人：所以你當下完成交部隊？離兩點還剩多少時間呢？）

　　啊幹，我好像記錯了，他們沒讓我交部隊。因為徐偉業說我還掛著值星班長的帶子。

　　幹！我說我現在脫下來還給你！結果他說帶子是中隊長給的，他不能收，要我請示副中隊長可不可以脫。馬尾大大那時也在哦！馬尾大大就副中隊長啦，我為她不可以下莊，結果她給我苦笑不講話。靠夭咧！

　　因為脫不掉，徐偉業還報接下來的行程給我，你看我這邊抄，「么四三洞（14:30）圖書館內政戰主任講話」。

　　我想奇怪哦，三點是要在草皮這邊，那為什麼兩點半還要一場在圖書館裡面，他媽的畢業典禮也要辦兩次是吧。結果徐偉業說，這草地好像是參謀主任的場子，圖書館內是政戰主任的場子，兩個人不同掛的。

（訪談人：所以接下來你們原地一直等到兩點半？）

我沒抄耶！我時間掌握沒他們那麼好！

不過我和大家在休息的時候，一個不認識的少校走過來拉伕，他說長官看過場地之後說要改成扇型。

靠夭啊！又是排椅子地獄了啦！超幹的。我只好叫大家回去，一人抓一張椅子，從前面開始重排。

幹，我們每次都在浪費時間排椅子！開訓典禮的時候在中正堂，是一個少校指揮排椅子，好不容易排好了，結果來了個中校覺得排的不夠正，又重排了十幾分鐘。之後來個上校高勤官，好像是總隊長，又排了好久。最後校長來了，一看，呃，不滿意，照樣被罵了一頓。

掛階典禮也是一樣啊，光排椅子也排了快半個小時，校長還是不滿意。這代表大家花了一堆時間排來排去，只有一個意義，就是讓校長生氣。既生瑜，何生亮，還生氣？既然要讓校長生氣，何不隨便坐咧。

我心中雖然充滿幹意，但身體還是很誠實的聽令動作，和其他同學一起在那排椅子，照長官指示左移右移。可是長官講的左邊右邊，正好是步兵隊的相反方向，同學很容易弄錯，所以一直無法成為鏡像相對的扇型。反正排超久啦！

不過拿椅子在排的時候，我想到一件事！那三個剛剛消失的種花三劍客，真的是去種花嗎？

這三個人，剛好是摸魚兄弟，另一個是誰，我當時就想不起來，幹我到現在還是想不起來。反正是和我同班的那九個人之一。啊不對，要扣掉摸魚兄弟，所以是七個人之一。但我沒辦法確定是誰。我還打給他耶，只要看我手機就知道，可是當

時我在排椅子不能看，現在通話記錄又早洗掉了。

我還記得的是，我一直在想第三個人是誰，忘了移動，結果被長官痛幹。我感覺這狗官的口水都快顏射到我了，馬上說：「報告長官，我不知道長官講的是我的左邊還是長官的左邊。」

結果他超級吐槽說：「你中央伍是要往前啦！！！！」

幹。同學都在笑我，站在那狗官旁的馬尾大大也笑了。不過，我覺得她好像不是在笑我。她好像是在笑我後面的誰。或是在對他笑。

反正兩點前只是一直排，超級排。國軍就是超級排。

十，
收到的除了雜訊
還有遺憾

訪談形式：問卷訪談

受訪者：徐偉業少尉

主題：民國 98 年 1 月 5 日，14:00 至 15:00，政戰主任結訓
　　　座談會。

（請先自我介紹，並以文字或圖表說明當天 14:00 到 15:00 之
間發生的事件。請盡可能詳述人數、時間等數字，若不太確定
的部分，也請特別註記。）

　　我是徐偉業，自我介紹部分請參考前面的檔案。

　　當天下午兩點到三點是政戰主任座談會，大家在現場聊了
許多掉槍機的事。除此之外，有一些事件或資訊雖然與掉槍機
事件無直接相關，但為避免空白時段太多，還是予以補充。以
下我依可確定的時間來做為標題。

14:10

　　整備好結訓典禮所需的椅子之後，五中隊被叫到圖書館內
參加政戰主任座談。預定開始時間是兩點半，但兩點十分左右，
三個中隊的步兵隊都已在圖書館演講廳裡坐定。這前置量抓得
夠多，所以有了當天難得的休息空檔。

圖書館演講廳有空調和椅子，可以充分休息。在場沒比我們大的軍官，所以許多同學都聊起來。其中有些關於掉槍機的討論，我從手邊的記錄整理提供。

　　是陳運財先提及掉槍機的事。他此時認為專軍班的值星學妹嫌疑最大，因為她說自己早上曾接觸取槍人員，但其實沒有。我們早上的討論也是斷在差不多這邊。

　　鍾敏嘉反對陳運財的推論，他認為學妹就算說謊，那也代表她沒碰到槍，不會有機會偷槍機。

　　陳運財還是堅持說這學妹太會勾引男人了，我們步兵隊很多人可能會被她利用；陳運財也補充楊德賓早上代學妹早點名的事做為證據。因為取槍人員只知道早上是楊德賓點名，卻不知道這是他臨時和學妹換的，所以群情嘩然。

　　鍾敏嘉說我們同學的確可能被利用，但這也要有進一步的證據，對學妹的討論就此打住。

　　陳運財這時又有新提案。他說想不出犯人，可以從藏槍的地方想起，假設如果要偷槍機，會藏在哪邊。

　　第一個大家認為最可能藏的是經理庫房，因為東西太多，早上大地震曾有校部的人進去找，但短時間內也很難查清楚。我們實習副中隊長兼器材班班長吳俊龍說他今天沒開庫，器材車是昨天推出來的。鍾敏嘉說他早上開過，因為要修廁所。我也有看到他開庫，不過他開庫是在取槍前。

　　講到修廁所，接下來吳俊龍主張可能藏在壞掉的廁所裡面，

因為有很多間都壞了，門是封住的。負責修廁所的鍾敏嘉說，廁所有個部分大地震時可能沒檢查到，就是廁所上面的水箱，小偷可能丟槍機進去。但水箱太高，沒梯子的話，無法看到裡面；而早上大地震時沒取梯子，所以那個部分應該沒檢查過。

大家都認為有可能藏在那，因此吳俊龍問說要不要打電話回隊部，叫中隊長檢查一下；但有同學懷疑偷槍機的是中隊長或副中隊長，所以我們最後並沒有通知隊上。

陳運財說可能是藏在隊部唯一一間的女生廁所。如果從這地點來推算，那最可能偷槍的應該是女官，也就是學妹們或副中隊長。

接著取槍人員證實早上取槍時，曾看到副中隊長先拿了兩把槍，後來才交給同學。接收副中隊長那兩把槍的軍械班同學也證實真有此事，但他們收槍的時候沒檢查槍機還在不在。

也有同學說，副中隊長帶隊回來隊部時，是先跑去跟在軍械室的中隊長報告說已帶隊回來了。開始送槍入庫後，她有站在旁邊看，送到一定程度後，她才離開跑上樓。

如果把這段新的證詞搭配早上的討論，那副中隊長跑上樓之後，應該是碰到楊德賓和學妹，接著楊德賓離開，陳運財經過，看到專軍值星學妹和副中隊長兩個好像在吵架，然後副中隊長接到手機電話要離開，因此先放學妹走，陳運財又跟在學妹後面下樓。副中隊長則是從另一邊下樓。

這時鍾敏嘉發現一件不對勁的事，陳運財和徐眉雲是走西側樓梯下樓，代表副中隊長下樓時走東側樓梯。但東側離軍械室比較遠，如果說是接到電話要去軍械室，這個路線並不合理。

但女生廁所就是在東側，這樣感覺都串起來了。鍾敏嘉想進一步逼問陳運財是真看到副中隊長下樓，還是以為她下樓，但這個時政戰主任到場，也就停止討論。

14:30

我記下許多政戰主任座談會的內容，雖然和掉槍機沒什麼關係，但因為佔了不算短的一段時間，完全略去也不合理，所以我還是將主要經過盡可能還原。

主任到場的時候，是門口外先響起一聲：「政戰主任到！」步兵隊的聯合值星官立刻起立大吼：「一大隊注意！」所有預官同學都從座位上彈起，立正站好。聯合值星當週是輪到一中隊，所以是由一中隊的值星官出來下令。

政戰主任進來，移步至講台中央。聯合值星官跑到台前，先面對全體學員大喊：「稍息。立正！」然後向後轉，面對政戰主任敬禮。政戰主任立正回禮。

值星官報上：「一大隊一中隊、三中隊、五中隊步兵隊，應到 228 員，實到 212 員，病休公差等事故人員總計 16 員，報告完畢。」再敬禮。政戰主任也回了個嚴正的軍禮。

聯合值星官轉回來面對同學說：「稍息。」再轉身退下。政戰主任說：「各位請坐。」

眾人高呼：「謝謝政戰主任。」然後坐下。

政戰主任在講台上的單人沙發椅坐下，開始翻一旁的文件。文件內容是三個中隊，總共兩百二十八位步兵隊成員的基本資

料。翻了不到二十秒，他放下文件，開始講話。坐著講的。

以下就是他的致詞。我當然無法完全記住，就是用事後的記錄來盡可能還原：

「各位明天要離開步兵學校，前往所屬部隊報到。你們接受了合於國家規定的軍官教育，通過了鑑測的考驗。你們都是合格的軍官，馬上要去各地部隊，在第一線，帶領我們的基層士兵。請問你們，準杯～～～～好了嗎？」

問的是「準備好了嗎？」當然要是瞬間同步回答：「報告主任！準備好了！」這老派外省腔還是多少造成理解上的困難，但還好沒人放槍。

政戰主任又低頭翻看手中的人員名冊。他找到有興趣的對象後，就以重低音緩緩唸出：「五中隊。編號，兩百一十四號。陳，運，財。」

陳運財立刻從座位彈起，答：「有！」

我和同學都差點笑出來，因為陳運財是我們中隊最會講話的。如果是由我安排回答的暗樁，我也一定會安排他，但這次真的不是我推薦的。或許是中隊長安排的。

政戰主任看著陳運財說：「陳少尉，我請問你，你，準杯～～～～好了嗎？」

「報告主任，準備好了！！！」陳運財大吼回應。

政戰主任沒多說什麼，又多看了陳運財的資料兩眼，再問：「陳少尉，你學歷不錯，但對於接下來的軍職工作，你，真的，準杯～～～～好了嗎？」

陳運財大吼：「報告主任！我……其實不太確定！」

同學終於忍不住大爆笑。政戰主任也笑了。

「陳少尉，請坐。」

「謝謝主任！」陳運財「咚」的垂直落下在位子上，但已自動收起的椅墊部份並沒順利打開，我看他挫了一大下。他雖然不太正經，但這種基本動作其實做得比其他同學好，值得信賴。

接著就是政戰主任的結訓談話。重點大致如下：

1. 大家都一定會擔心自己的所學是否能在所屬的部隊裡發揮。這樣的擔心是應該的，但不是困住你的理由！

2. 步兵學校養成的，除了軍事相關的職能，還包括了和同期同學的相處過程。你能從這種相處的過程中，學到很多一輩子受用的東西。

3. 當兵可能會碰到一些困難或障礙，要學的就是怎麼去消化它。軍隊就是社會，營區裡面和外面，沒什麼不同。你在軍隊裡不假離營、逃兵，不敢面對自己的責任，就算退伍出去外面，「你也同樣是無法承擔責任，是個猻~~~~種！」

4. 現在部隊中，有許多女性官士兵，你在部隊裡，如果利用權勢性騷擾同袍，那是不可能隱瞞的！不可能壓下來的！「你在外面，人人都會知道你是個因！寵！（淫蟲）」

5. 好好整理自己在步兵學校的經驗，才是在受訓過程有價值的地方。當兵如果只是過一天算一天，數饅頭到退伍，那才是在浪費生命。

他講完後，就祝大家軍旅生涯順利，接著就是一陣風閃人了。

等軍官們都離場了，聯合值星官才請同學輕鬆坐下。離下個行程還有好一段時間，眾人又在座位上閒聊。

14:44

因為部隊交還給我們實習幹部，這時我有對錶，時間是兩點四十四分。離下個活動還有時間，加上長官的命令是么五洞洞（15:00）才需要帶出去，所以我們三個實習中隊長決議在此休息到兩點五十五分。

大家都在那開玩笑說什麼「你這個㺜～～～種。」「因～～～！寵～～～！」雖然單純是搞笑，但鍾敏嘉又從這一點，聊到偷槍機。

他認為政戰主任的講話有「意在言外」的部分。但鍾敏嘉的推論我有點聽不太懂，或許無法精準的表達，實情可能要去問鍾敏嘉本人，或其他聽得懂的同學，如陳運財。

鍾敏嘉說政戰主任很可能已經掌握到真正偷槍機的人，也把事情擺平了，但又會放一點風向出來警告知情者，而他講話的內容就是線索。我們覺得很好笑的㺜種和淫蟲，只要注意聽，就會發現和其他致詞部分沒有邏輯關係，是硬插進去的。他的古怪口音，感覺也是刻意在強調這些部分。

陳運財自認有聽懂鍾敏嘉的意思，所以他說掉槍機可能和某個人想逃避什麼事情有關，也可能涉及男女關係。但因為線索實在不夠，所以大家現場想了很多組男女關係，也抓了很多

可能的猸種，但都沒有辦法拉在一起。

這個討論最後也不了了之。

14:55

兩點五十五是整隊時間。楊德賓起身整隊，我是走去找另兩中隊的實習中隊長，商量之後的任務安排。但我還沒開口，三中隊的實習中隊長過來說，他以為政戰主任會提到我們五中隊掉槍機的事。

我們自己剛剛就在討論，所以我說，我覺得主任有講，但我們沒有參透。

三中的實習中隊長大概沒聽到我們內部的討論過程，所以他問：「是反省、學習發生的事的那一段嗎？」

他這說法又點醒我，也許找回槍機並不是最重要的事。或許我們因為掉了槍機，又一直找不出方向，所以把事情越想越窄了。旁觀者還是比較「清」一點。

三中的實習中隊長和我一樣是大學應屆畢業的。我覺得在步校的那幾個月，我們都成長了很多。至少我們三個中隊的實習中隊長是這樣的。

以上是當天兩點到三點之間的記錄。

（本記錄為受訪者於規定時間內自行謄打）

十一,
逃避不開
逃避不開這場夢

訪談形式：面訪

受訪者：陳運財少尉

主題：民國 98 年 1 月 5 日，15:00 至 16:00，結訓典禮。

（訪談人：請自我介紹。）

　　我是陳運財！自我介紹剛剛講過了，不用再講吧！要再講的話，我多補充一句：我當時是五中隊排名第一的翩翩美男子！
　　好的，開玩笑的，這句請刪掉。

（訪談人：請說明一下三點到四點，主要是結訓典禮的狀況。）

　　結訓典禮是我人生最光榮的一刻！所以我對這一段記得很清楚！如果記錯就算啦！哈哈！
　　講說是三點開始，真正開始是三點半吧。我們么五洞洞（15:00）從圖書館被帶出來。這個時候中隊長也來啦，他也叫我下值星啦！哈哈！爽！
　　我們確定自己的位子之後，又放風了。休息十五還是二十分鐘吧！
　　徐偉業叫大家在椅子上做小記號，以免等下回來認不出是自己的。我沒畫。反正其他人都畫了，那個沒畫的位子就是我

的。

（訪談人：休息時間有什麼值得一提的狀況呢？）

這段我記得很清楚！因為有妹！有妹的事我總是記得特別清楚！

會有妹，是因為營站車又來了！營站車是賣吃的車車，它停在典禮區旁的泊油路上。有營站車，就有小可！她是車上賣吃的妹妹！她還是大學生哦！

我覺得很奇怪的是，營站車不知為何總是可以打探到我們的休息時間，而且停在我們班隊附近的那台，顧店的永遠都有小可！神奇吧！

因為排隊的人很多，所以我先找地方抽了一根菸，呼吸一下。等排隊人龍大致消化完畢，就快快過去和小可打招呼。

我本來以為早上是最後一次碰到她，沒想到下午又有機會，所以一定要去致意一下。

我說馬上是結訓典禮了，之後應該沒課程或活動，這次真的是最後一次有緣千里來相會，結果她說她也只做到這禮拜，下禮拜期末考，寒假之後她也不做了。

然後我們不知道聊什麼。啊靠，我應該記得的啊。等一下，讓我想一下。

（訪談人：你曾和她聊到和掉槍機相關的事嗎？）

啊幹！有有有。我好像和她說，馬尾大大最有可能偷槍機。我們的副中隊長，馬尾大大。

　　小可居然問我馬尾大大是哪個人，她想看。她平常都不鳥我的說！所以我四處找副中隊長，但找好久都沒看到，可能先回隊部去了。所以現在才會換中隊長過來。

　　不過沒看到人，小可也沒說什麼。啊，不對，她有說！她說我們只是想把責任推給女人，然後她認為應該是我們同學幹的。

　　啊不對不對，她的意思是說，我們知道是自己人幹的，但不想承認，所以推給女人。

　　我覺得她說得有道理！我也懷疑是自己人幹的啦，但講出來就傷感情啊，所以只能說是馬尾大大幹的，同學就開開心心。

　　我稱讚她年紀輕輕卻這麼聰明美麗，結果她說了一句什麼「因為在這個瘋狂的地方只有我是正常人。」幹這話真的很屌，不像是大學生會說的

　　她還看出來我一天到晚去盧她，應該是打賭或是大冒險輸了。真的是這樣喔！反正是最後一次見面，我就直說我是和同學賭能不能要到她的手機號碼。但就算我跟她講，她最後還是沒給我。

　　不過她說，如果想找到她，在外面用網路一定可以找到她，但我也一定不會認真找。

　　我離開步校以後，還真的沒用網路找過她！幹這也被她講中了啊！！啊啊啊啊！！退伍後認真找一下好了。

　　我有印象她說過：「我認識你們的人，你們也有人認識我。」

我有想過她這話的意思。她搞不好是哪個同學的妹妹，還是女朋友之類的。

嗯。反正就是正妹。

（訪談人：休息後是結業式嗎？）

對。前面在叫集合，大家都小跑步回自己位子上去。這時已經快晴天，草上還有點濕，但出太陽以後會蒸發出一種青草味。有些人不喜歡，但我覺得就是放鬆，像吸毒一樣。

幹我沒吸毒啦，我只有抽菸，這是比喻！幹文青一下不行喔！

大家坐下來就閒聊，等開場。

好像是醫生吧，我們同學有個姓陳的醫生，他問說槍機掉在外面沒關係嗎之類的。感覺他很想再去找，所以晚上還真的跑去找了。嗯，就閒聊。

（訪談人：除此之外還有和槍機有關的討論嗎？）

喔，很多喔，很多喔。我記得我還講到「愛」。幹，我為什麼會講到愛？

啊，是聊掉槍機啦，醫生說沒真相不行啦，老頭說有比真相更重要的東西，我接話說是「那就是愛啦」，然後被大家吐槽。

有人說是「自由」，最重要的是自由。好像是老頭說的，他講了一個故事。真的發生過的哦！

我們新訓在成功嶺的步二連，走廊快到浴廁的地方可以看到台中高鐵站。有天早上四點多，老頭和一些人摸黑提前起床洗臉刷牙，看到前面高鐵站區橘黃色的路燈，就有人小小聲說：「那邊有麥當勞！」「那邊還有賣咖啡。」「那邊可以回家。」大家越講越熱烈，結果後面有同學說了一句：「講那麼多，還不是因為那邊有自由。」然後沒人接話。

幹這個故事超有感的啦！給我自由啊幹！幹為什麼我要當兵！一定是太健康了！

（訪談人：接下來是結訓典禮了嗎？大概進行狀況還記得嗎？）

我看到副中隊長回來了，就知道大概要開始啦！然後是校部高官抵達，彼此寒喧，看起來熟，也有點不熟。這個學校的高官也才多少人，還這麼客套，真不知是哪裡有病！

最後到的是參謀主任。他到以後，我們座椅區前方就跑來一個軍官，我注意看才認出是我們一大隊的大隊長。他難得穿全身迷彩，我才會第一眼沒認出來。他平常都穿運動內衣的說！

大隊長面對我們站定，轉頭瞥了後方一眼，下令大家起立，稍息，立正，轉身交部隊，再回座。老資格軍官帶這種整隊，就是從容！熟練！合理！帥！型！

然後是參謀主任上台講話。他的話很無聊，我忘光了。應該是勉勵大家的固定公式。然後說到了掉槍機。

幹，這時我就醒來了！他說在步校這些事情有長官會出面處理，可是離開步校要自己承擔。後面的部分又都是屁話，我

又昏了，所以沒印象。

　　參謀主任講完官話之後，問台下同學是否有問題或建議。一般部隊或許不會有人舉手，但我們預官嘛，意見超級多，問題也一樣多。很多人起來吐槽。然後是頒獎典禮。

（訪談人：問了哪些問題呢？）

　　我沒記啊，都那些老問題。我大概提幾個還想得起來的啦！

　　前面是別中隊的同學講沒飯吃的問題，一罵三分鐘，還說我們已經沒差了，但要幫之後來的學弟著想。參謀主任滿頭大汗的道歉，說之後會想辦法改善送餐路線。真的是一頭大汗，因為他禿頭，所以看得到。但他的這套說詞嘛，已講過至少三次以上了。所以大家都是一臉不屑。

　　第二個也是別中隊的，是說裝備太爛。參謀主任還是一頭大汗的道歉，也可能是剛才的汗還沒乾。他強調馬上會把65K2換成T91步槍，也會配發新的公發配備，但很遺憾我們這些人還是用不到。幹他是專門來道歉的是吧。

　　第三個是追著第二個問題問，說除了槍以外的東西也都很爛，那個板凳，童軍椅，一坐就爛，整個中隊的庫存又過半是壞的，消耗品也永遠撥補不及，像是作業紙，不准同學買，發的又不夠，教官又逼大家交作業，「是要大家去死嗎？」

　　幹這個講得超嗆，台下還有人拍手叫好！步兵隊嘛，就是這點純真、自然。參謀主任還是只能拼命道歉，說之後會改善。果然要畢業的無敵啊！沒把你拖出來蓋布袋打一頓算客氣了

啦！

我想起來了！我們家的天天也舉手發問！這個屌了！他說我們上課用的講義，很多英翻中、中翻英的翻譯都是錯的，他還說「好的辭典帶你上天堂，不好的辭典帶你到好笑的天堂。」幹這話超靠北啊！

長官部全冏臉，因為講義的英翻中部分真的很爛，是連google翻譯的水準都沒有。我們一堆人讀過研究所，看到這種東西真的是不太順眼。但礙眼歸礙眼，大多數人都認為這關我屁事，但天天不一樣，居然敢講出來，實在夠屌。

參謀主任當然還是只能道歉，並且希望步兵隊的同學能幫忙校正講義。但明天人就要走了，是要校正個屁。參謀主任的道歉時間結束之後是頒獎典禮。

（訪談人：頒獎典禮過程中有什麼值得一提的狀況？）

幹這個一定要講一下！

我們五中隊在各獎項一路槓龜，連饅頭哥、龍哥、老頭都沒得獎。但司儀突然唸到：「……第二名，五中隊，陳運財少尉。第一名，……」我連忙跳起來出列。

幹，同學們都超驚訝，一直在那邊「作弊啊！」「國軍增設把妹獎！」「幹國軍什麼都是假的啊，只有退伍是真的呀！」

我自己在得獎之前也不知這是什麼獎，也不知道我會得獎啊！但有獎，就是要領一下！我跳上台去，與其他得獎者排排站，領了獎狀一張。這時我才知道自己得的是「術科鑑測」的

第二名。但我怎麼想，怎麼算，也不會頒給我呀。難道是成績登記錯格嗎？還是偽造數據時意外分給我的？反正國軍總是神奇。不要問，很可怕。

下了台後，大家都來借我那張獎狀瞧瞧。不得了，我們五中隊六十八個人，最後只有我這一張，真是廢到極點。領獎後大家就地解散，直接運動時間！

（訪談人：所以結束大概四點？）

應該是吧？不過頒完獎，在等著下個命令的時候，我和附近的小聊一下，聊完之後，我有悟出一套道理。好像說得通的道理。這我沒對同學講過。

我的結論是喔，這個槍機不是掉的，是被偷的。我認為最可能的狀況，是我們同學之中有個人，叫馬尾大大拿走一支槍機，要馬尾大大幫他藏著，避了風頭後，再交給他。

馬尾大大怎麼藏呢？她可能是透過同中隊專軍班學妹傳出去的。最可能的是小可愛。我也不知道她叫什麼名字，好像是姓徐。我當天早上看到她和馬尾大大碰面，兩個人一起，沒別人。她們講話的樣子不像長官和部屬哦！是很熟的人。

我是偷看的啦！偷看一下不犯法吧！

但馬尾大大為什麼要犧牲自己的前途，幫忙這人弄一支槍機呢？因為兩人是男女朋友？還是有欠錢？那一定欠很大耶！所以我們有人從頭到尾都在說謊嗎？還是整個狀況是反過來呢？是馬尾大大需要槍機，然後有個我們的人在幫她？

我覺得自己快要想出來的時候，上面大叫「起立」。我也只好ㄅㄨㄞㄊㄞㄊㄞ的跳起來站好。真可惜，我軍旅生涯最光榮的一刻就這麼結束了。

　　當然現在這邊也是很光榮啦！

十二，
窺看那
看不穿的隙縫

訪談形式：電訪

受訪者：吳俊龍少尉

主題：98 年 1 月 5 日，16:00 至 17:00，運動與休息時間。

（訪談人：請自我介紹。姓名職級即可。）

　　報告，我是少尉排長吳俊龍。

（訪談人：請說明在下午四點到五點之間你所注意到的狀況。）

　　報告，四點……差不多是結訓典禮結束的時候吧？

　　當天現場有校部長官說椅子是五中隊抬來的，所以交由其他中隊抬回去，那我們五中隊就沒事了，直接解散，進入運動時間。值星官律定 16:50 大隊部後方集合場集合吃飯。

　　四點是步校的運動時間，也是自由時間，到處都是慢跑的人，隊部前的集合場會變成籃球場，方基草皮上也都是打棒壘球的人。當然，很多人只是閒聊、散步、發呆。

　　很多同學想把迷彩換成體育服裝，所以直接上樓，但我是穿著海陸的小迷彩，沿著隊部大樓外牆看是不是有藏槍機的地方。中午下過雨，地還濕濕的，我一直找花盆、植栽的邊邊角角，結論是垃圾不少，但沒什麼特別發現。

徐偉業遠遠看到我，也過來幫忙找。我們兩個人繞著大樓慢慢的走了一圈。我還記得徐偉業指著剛跑過我們的阿伯背影，說那是參謀主任。主任動作真的很快，結訓典禮才剛結束，他已經換好衣服在跑了。

　　我說主任真是個人才，徐偉業就接著說，「所以升不上去。因為不是摳比布萊恩。」我快笑死。

　　這是我們步兵隊的笑話啦。剛到步校的時候，有次在方基上班用機槍的課，課程拖到四點多，四周道路都已經是慢跑的人。

　　那堂課的主課教官是士官長，他指著慢跑人群中的一個禿頭說：「看到那個禿頭沒有！跑很快的那個禿頭！那是我們步校的參謀主任。你看他多精實，沒人陪也會自己跑。這是一等一的人才。」大家都點頭。

　　他說：「但是這麼優秀的人才，在國軍中升得上去嗎？」大家都不敢回答。

　　他又說：「當然是升不上去啦！苦幹實幹，撤職查辦。哈。」同學都配合著哈哈笑。可是教官又補了一槍：「那誰升得上去？」大家又不敢講話了。

　　「當然是那些迎逢拍馬，摳屎摸屄的嘛！」同學們笑爆了，大家都是第一次聽到「摳屎摸屄」這個成語。教官還一臉踓樣的說：「你們現在還笑得出來，以後摳屎摸屄的人碰多了，就笑不出來啦！」

　　的確是這樣。

（訪談人：你在大樓四周有什麼發現嗎？）

報告，沒發現什麼耶。徐偉業說要去營站買東西，而我直接進大樓，慢慢爬樓梯回五中隊。我一路碰到很多同學衝下來，都是換好運動服的。最後的運動時間大家還是很積極。

剛進來的那個月，運動時間是要由值星帶隊，先跑三千，才會放大家自由活動，但後來值星越來越混，慢慢縮水成兩千，一千二，六百，然後完全沒跑了。但沒跑之後，大家好像更愛運動。叫你動，你不動。沒要你動，全在那亂動。

我自己也還是會去練單槓。雖然剛入伍時完全拉不上去，但因為是海軍陸戰隊，所以只能自我要求，在最後幾週終於能拉個兩三下。然後就聽到國軍體測要廢除拉單槓。

（訪談人：你進大樓後曾看到什麼特殊或值得一提的狀況呢？）

報告我是先進中山室看看。中山室有不少我們的人，幾個軍械班的組裝好乒乓球桌，在那嗆賭雙打勝負。其他人坐在地上閒聊。

專軍隊也回來了，幾個專軍的陸軍學弟和我們同學坐在靠後門的地上聊天。我們和專軍隊的陸軍學弟關係還不錯，或許是因為這些學弟也常被專軍隊的海陸欺壓吧。

我問專軍隊那天上什麼課，他們說是排用機槍。我有點意外，因為我們學排用機槍是很早期的課程。

講到學排用機槍，我想起一件掉槍機之前發生的事。我覺

得可以看出我們同學的個性，但不知道和掉槍機有沒有關係。這要講嗎？

（訪談人：你覺得可能相關都可以補充。）

報告，這個事情是有點偷雞摸狗，但也不是很惡劣的那種。

我們很早學完排用機槍的操作與保養方法，甚至比班用機槍還早。學會之後呢，有次我們被武管室「拉伕」，要出公差去擦排用機槍。這公差先交給軍械班，但我們的軍械士朱雲海，就掉槍機當天生病昏倒那個，他知道擦槍有風險，很可能因為擦不好被取消榮譽假，所以找了些理由，要徐偉業生出另外的人去擦槍。

我聽到這個消息時不太爽。雖然把槍的事全推給軍械班也不太對，但軍械班完全不做就推給其他同學，那要你軍械班幹嘛？朱雲海表面正義凜然，但也是個很愛計較的人，拿到福利不會講，吃虧的時候喊得很大聲。

掉槍機這件事，如果真要懷疑他的話，也不是完全沒道理。他是最有機會碰到槍機，也最有機會偷槍機的。而且他一大早就後送軍醫院，是那天唯一能離開軍營的步兵隊同學。

雖然大地震時他也在，但他可以先藏在某些地方，像是廁所之類水箱之類的，我們有討論過那邊最可能藏。等他要後送之前再取出來帶著離開。但我不知道他是不是有機會放馬桶水箱。

喔，應該沒有。他好像是昏倒被抬走的。還是被扶著走的？

反正那天擦排用機槍的事，最後是老頭擺平的。朱雲海推得很快，但老頭接下擦槍的公差。老頭是浴廁班，本來不用扛這個責任，但他還是出來扛了，而且是朱雲海在和徐偉業吵的時候，老頭當下看到就說他要接，然後回寢室生出一票人，再帶隊過去擦。

　　我不知道老頭的盤算是什麼，也許是要維持皇城內的和氣吧。反正老頭硬是拉到十個人，全是第二大寢的人，陪他一起去武管室擦槍。據說老頭使出絕技，讓武管室的士官代他們簽名擔責任，然後快快樂樂擦槍，平平安安回家。

　　對了，聽說阿財還因為跑去搭訕武管室的正妹女士官，引發一些衝突。這說不定和掉槍機有關，因為有些同學認為槍機是武管室偷的。

　　（訪談人：老頭是鍾敏嘉嗎？他當時是怎樣談判的？）

　　報告是，老頭就是鍾敏嘉。

　　我聽那天去擦槍的人說，老頭到武管室之後，先要同學們裝死，說沒學過排用機槍，不會分解也不會擦。等對方不知該怎麼辦時，老頭又說因為我們的人不會分解排用機槍，硬要擦也是可以，但要我們負責就不合理，所以沒辦法簽名，有長官代簽的話，大家願意試看看。

　　對方不是笨蛋，一聽也懂了，所以答應由武管室的幹部簽名。看到他們簽下去，同學當然馬上變成會擦排用機槍啦！很快就完工了。而且大家進去之後發現武管室負責金屬探測門的

女士官很正，阿財在過門時故意逗她笑，讓武管室的主管超火大，好像雙方還對罵。但我沒去，也不清楚實際狀況。

（訪談人：好，請回來談四點時中山室的狀況。）

報告是。我在中山室和專軍班的學弟聊了一陣子，然後天天和徐偉業也進來了，另外開了一組西洋棋桌。徐偉業買東西的速度蠻快的，大概是用跑的來回營站。

大家都在亂聊。我這時才知道剛剛還有同學去把廁所水箱都看過一輪，但沒什麼發現。他們沒開庫取梯子，可能是像蜘蛛人那樣撐著牆爬上去的。

我在那看徐偉業和天天下棋。這兩個人難得輕鬆，邊下棋還邊嘴砲在旁邊打桌球的饅頭哥。徐偉業有時蠻像小孩的。不過他年紀也比較小，是應屆的大學畢業生，應該只有二十二歲。

新訓時他睡在我對面，每天都靜靜聽我們其他人虎爛，然後偷笑。就是很害羞的大學生，到步校被指定當實習中隊長後，就一路硬撐到最後。

我想得起來的大概就這些，因為這時我不負責帶隊，所以沒寫筆記。

（訪談人：你到吃飯前一直待在中山室嗎？）

報告是。啊，更正，我有離開，後來又回來。

因為徐偉業看很多專軍隊學弟在，所以問步兵隊同學有沒

有個人裝備要送給學弟的，像偽裝膏和迷彩面罩離開步校後應該就用不到了。差不多一半的同學是分發到新訓單位，不用演習，相關的裝備也沒必要留著。我想想也有些東西可以送人，於是起身回寢室去拿。

那我一走出中山室，就看到幾個步兵隊同學圍著公布欄指指點點，所以也湊過去熱鬧熱鬧。

原來是十二月的五中隊優秀學員公佈了。很多同學覺得那得獎學員超正，所以全擠在那邊看。十二月份的得獎者是專軍隊的學妹，公告上貼了一張她的生活照，下面是一串文字說明，是她的優良事蹟。

照片中的她是坐在路旁欄竿上，看著鏡頭的左方。就普通女大學生的樣子。長髮過肩，鐵定是入伍之前拍的。

同學全在那亂嘴砲什麼「這學妹不賴！我的菜！」「如果她是菜，你只是她根部的大便而已。」有人是嫌照片太美化，說「應該禁止放這種比本人正 20 倍的照片。」

都是男人嘴砲啦！我認為照片裡的女學生算很正了，以一般人的標準來講也很正，以軍人的標準更是不得了。大家就在那邊起鬨說：「中隊長是看臉選人的嗎？」「沒想到中隊長也是因 ~~~~~ 寵！」「你這猹 ~~~~~ 種！」他們是在學政戰主任講話，我們政戰主任講話時會拉很奇怪的長音。

但我想了許久，這臉還是對不上專軍隊學妹們的印象，所以我還問，「五中隊有這個人嗎？」

這時有人發現得獎者叫徐眉雲，就是大家說的那個小楊丞琳。我嚇了一跳，因為這和她在軍隊的樣子差蠻多的。然後大

家看半天都只看照片，沒看名字，還在那講東講西。男人擠在一起看妹，智力都會降到很低。

之後我就和大家混著一起回寢室了。

（訪談人：你在寢室曾看到什麼值得一提的狀況嗎？）

啊，報告我要更正，我記錯了。

我不是直接回去，我留下來仔細讀照片下方得獎理由。上面明明有寫得獎理由，結果這些「因寵」也沒仔細看，只看照片而已。我看了理由，才知道這個徐眉雲同時是專軍的文書、簿工和經理，這也太忙了。可能是因為他們人數少。

落款用印是副中隊長，所以剛剛那些因寵也搞錯人了，像這種政戰業務當然是副中隊長頒的嘛，因為我們沒有輔導長，是由她代理的。

我看著看著，身旁又來了一個人。我本來以為又是湊熱鬧的步兵隊同學，但轉頭才發現是個小矮人，是女生，而且正好是徐眉雲本人。我嚇了超大一跳。但「內心激動，外表沉穩」。哈哈。報告長官，這是我們幹部訓話常講的台詞。

學妹故意裝認真看自己的得獎公告，其實是想看我有什麼反應吧。我想還好自己沒反應，要是像其他人那樣鬼叫，就尷尬了。

她還是背著值星帶，但已經換成運動服。我不太敢直接看穿運動服的女官，因為說是運動服，其實只是薄薄一件綠短袖T恤，男生都當內衣穿的，女生穿著會太貼身。平常冬天是會外

200

面罩一件夾克，但她大概剛帶完跑步，所以只穿一件短袖，還有點流汗濕掉，這就讓人很尷尬。

她站著不講話，我只好打破沉默說：「ㄟ！恭喜得獎耶！」

她很故意的說：「呀！我得獎了耶。謝謝學長！」對我敬禮。我也對她回個舉手禮，趕快離開現場逃到寢室去。

她的確是很有意思的女孩子啦，但我也覺得她怪怪的，最好不要纏太久。她這樣真的很殺，一堆同學被她迷得神魂顛倒。她不太像軍人，但在軍隊這個環境，可以活得很好吧。

（訪談人：那你在寢室曾看到什麼值得一提的狀況嗎？）

報告，我沒在寢室停很久，因為我不是後備部隊的，是海陸的野戰部隊，所以能送的裝備不多。我只整理出不會再用到的步校作業紙，就回中山室。那些紙很快被學弟搶光了。

徐偉業和天天還是專心在下棋，根本沒動，我就過去唸徐偉業說：「你不是叫大家送裝備，結果自己沒動！」徐偉業說他的裝備都像垃圾，只能丟掉。

天天是隨口說：「哦哦！我要送給學妹！」他都每天都哦來哦去的。我才想笑他，但這時突然有學妹在後面說：「學長可以送給我嗎？」

幹，我們三個男的都嚇到快跳起來。原來又是徐眉雲，她又出現了，而且已經換成迷彩服。除非她會瞬間移動，不然只可能是在女官休息室換吧？大概是因為才小聊過，她和我對到眼時，有偷笑一下。

天天還沒回神，她又說：「還是學長約好給其他學妹了？」

幹，這女人真的很行，兩句話就把天天玩爆了。我打圓場說：「天天快回去拿啦。」天天才起身，學妹又跑過來拉住他的袖子說：「開玩笑啦！學長繼續下棋。」

這一拉不得了，天天又乖乖坐回去。他真的有夠容易被玩，徐偉業這種冷面殺手看到都忍不住笑出來。

因為小男生很害羞，我又出來打圓場，問她忙完了嗎。她說現在沒事，只是等吃飯。然後又冷場，我又再問說換迷彩服是晚上要夜教嗎，她說覺得穿運動服活動不方便，所以才換的。

她這樣講有刺到我，因為我剛剛才也是這樣想。後來她自己開話題，問我們下午有沒有找到槍機。我說沒有。再來講什麼我記不太清楚了。

（訪談人：你們之前都沒和這位專軍隊女官或其他女官有互動機會嗎？）

報告長官，很少有機會喔，非常少。少數有印象的，好像是聖誕節的榮團會。因為我們軍械班有人是駐唱的民歌手，所以榮團會就在中山室抱吉它自彈自唱，活動很熱絡。唱到一半，有同學注意到中山室外面，靠東側樓梯那邊站了幾個專軍隊學妹在偷聽。然後有人要上廁所，推後門出去，才發現那個徐眉雲沒和其他女官在一起，是一個人坐在中山室西邊的窗戶下偷聽。

但那次也不算是互動啦。另一次和女官的「交流」，也是

在中山室，那次就吵到很難看。是看莒光日，專軍隊和我們難得同堂一起看莒光日節目。但阿財看到有女同學在場，發言時間大暴走，說什麼女主持人讓他成為硬邦邦的軍人，步兵隊同學雖然笑得很爽，但學妹都很尷尬，專軍隊的海陸也都超火大的。

最後離場時，因為我們吵鬧聲音太大，蓋掉專軍隊當時女值星官的聲音，就引起雙方的衝突。專軍隊那邊是罵：「不是少尉？吵個屁呀！」步兵隊就回敬：「就是少尉啊，是要比人多是不是啊！」最後是靠我們幾個比較老的出來擺老，把雙方都嗆了一輪，才把自己人疏散回去。

當時兩邊男人，一邊是要「救美」，另一邊是想秀給女生看，夾在中間的女生們，心中一定覺得很複雜吧。

仔細想想，我們還真的都沒和專軍學妹們有什麼輕鬆的互動。

（訪談人：所以之後到吃飯時間都沒再交談？）

報告長官，我現在突然想起一段話。在看下棋的時候，學妹有主動問說：「你們沒懷疑過我們嗎？」

當然懷疑過，而且大家正是懷疑她，所以我們幾個男生都很尷尬。還好她自問自答說：「不過我們都比你們晚碰到槍，應該沒什麼辦法偷吧。」

我反問她專軍隊覺得槍機是怎麼掉的。學妹說他們有人覺得是送槍回來的路上掉了。我說這我們討論過了，機率很低。

她又說，不然應該是步兵隊的人自己偷走了吧。但我們也是卡在這邊，想不出是怎麼偷的，也看不出誰最有可能，更找不出動機。

然後我向她道歉說，早上讓專軍一起大地震，不好意思。她說女官休息室沒什麼東西，所以沒差，但專軍的男生可能會辛苦一點。

對了，徐偉業有問她，如果要偷的話，她會怎麼藏。我不知道徐偉業為什麼要問，可能是隨便問問，也可能是要測試她看看。

她很認真的想，然後說藏在隊部很容易找出來，但女生那棟旁邊是學校的牆，交給女官丟出去就好了。

我們都嚇了一跳，這狀況我們內部還真的討論過，沒想到她也這樣想。但如果是她幹的，就不會直接講出來吧，她的說法只是印證真有可能丟出去。除此之外，好像沒什麼和槍機相關的。

（訪談人：所以你們隨即去用餐？）

應該是吧。是徐偉業說要去吃飯了，但我看了時間，大概是 4 點 37 分，還太早了，因為 50 分才集合。這麼早走，可能是因為學妹一直站在旁邊看。不過普通男生都會希望在女生身邊留久一點吧？而且是正妹耶。也許徐偉業覺得尷尬還是怎樣。

我們開始收東西的時候，學妹很有禮貌哦，還一一點頭致意，「謝謝學長，學長再見。」然後用倒退的一步步退出中山室。

這動作真的是新兵才會這樣。

我看沒事，就先回寢室先整理要帶回家的東西。但才出中山室，又看到有同學對學妹的得獎公告在大驚小怪。

當然是換另一批人啦。我過去笑他們，結果剛好看到學妹躲在走廊的轉角，她也在偷看這些人。她遠遠看到我，還偷笑。

啊，對了，我這時有過去和她再聊了一下！我是走過去對她說，很小聲說，我認為偷槍機的人，或許就是用她說的那種方法，把槍機丟出去校外。

她也問我說，我心中有沒有認定誰是犯人。因為她是外人嘛！所以我直接告訴她，我猜是我們自己人幹的，而且大概可以確定是誰。學妹聽了也沒說什麼，就表情比較嚴肅了一點。不是很尷尬的那種，最後還無耐的笑一下。

我不知道這是什麼意思啦，但這種無言的感覺也不錯。正妹做什麼都讓人感覺很美好。

最後我對她說，祝她之後軍旅生涯順利。她行個軍禮說「謝謝學長！」我也立正回禮。雖然她軍階比我低，不過是她先放下手轉身離開。

嗯，要怎麼講。我現在回想喔，我們兩個當時應該都說了一些謊吧。在軍隊裡不說謊，日子是過不下去的。

後面呢，就是下去吃飯了。沒什麼事了。

十三

，

不是遇見笨人
才有笑意

訪談形式：面訪

受訪者：楊德賓少尉

主題：民國 98 年 1 月 5 日，17：00 至 18：00，晚餐時段。

（訪談人：請自我介紹，姓名職級即可。）

　　哦，少尉排長楊德賓。

（訪談人：請說明你在下午五點到六點之間看到的狀況。）

　　這是吃晚飯時間。欸，我好像都在講吃飯時間的事哦？吃飯皇帝大。

　　最後一天早點名後不會進餐廳，是發餐盒讓步兵隊邊整理邊吃，所以這次晚餐是在餐廳的最後一餐了哦！最後的晚餐！

　　我讓抽到彈藥庫的同學先進餐廳，因為之前國軍炸了幾個彈藥庫，大家都覺得抽到彈藥庫的人死亡率比較高，所以最後一次用餐就讓他們先進餐廳。先進餐廳的好處是有菜的機率最高。

　　不過和中餐反過來，晚餐是我們步兵隊先進場，那也不用擔心菜不夠的問題了哦。我反而擔心同學會把專軍隊的菜吃完。後來我看菜量還算 OK，就繞去幹部桌吃飯了。

我到的時候，幹部桌也差不多到齊。中隊長和副中隊長比我先到，徐偉業在我之後坐下，然後專軍的值星學妹小碎步跑來，只差一個海陸臭臉哥。

哇，真的是世界和平。

可能因為少了臭臉哥，中隊長看來心情不錯哦，還和徐偉業開玩笑說我們東西太多，要不要叫台軍卡載到門口。這當然是說冷笑話，所以徐偉業「嘿」了一聲意思一下，然後回說上週末有提醒同學多帶一些袋子，如果搬不動，交互支援一下應該沒問題。

（訪談人：那專軍隊的實習中隊長呢？）

他一直都沒來哦！學妹坐我對面，我小聲問她臭臉哥哪去了，沒想到很小聲還是被中隊長聽見了，他插嘴說，大概是因為中午被掀桌，所以要等他吃完，臭臉哥才會進來，說完還「哈哈」兩聲。大家也都立刻「嘿嘿」「哦哈哈哈哈」的馬屁一下。但中隊長吃完很久，臭臉哥都沒出現。

（訪談人：那中隊長還講了什麼重要的事嗎？）

這我有寫下來。中隊長吃完了，開始下命令。他律定步兵隊么八洞洞（18:00）把槍取出來擦，槍入庫後就結束今天業務，剩下是自由時間，兩么洞五（21:05）晚點名。同學要整理東西，要帶回去的，晚上全先弄好。整理好的行李可以先堆在空床上，

內務不用那麼整齊。

　　沒想到中隊長在結訓前突然變成菩薩哦！平常他最討厭我們偷用空床了。

　　徐偉業這時戳我一下，我才知道中隊長這個訊息是要我立刻傳達的，我趕快跑去步兵隊坐的那幾桌通知大家。等我回來時，中隊長已經在吩咐學妹，我只聽到今晚是她帶晚點名。本來是我的，早上換過來了。

　　然後我比較有印象的，大概是中隊長要副中隊長把離營假條先全部處理好，能在今晚發就先發。副中隊長說是直接用中隊長大印嗎，中隊長說是。

　　就很一般命令下達的口氣，感覺這兩個人不太熟。虧一堆人還在懷疑他們兩個之間是不是有什麼，要合謀要搞步兵隊。

　　哦，當然也有可能是演給我們看啦！

（訪談人：所以之後沒其他命令或狀況嗎？）

　　命令下完之後，大家還聊了一下。中隊長對學妹說，步兵隊馬上要離開，大家一樣都是普通大學畢業，可能會碰到類似的問題，所以她有問題的話可以問我們。

　　學妹想了一下，說專軍隊的海陸學長掛少尉階，她們這種掛學生階的都只能聽海陸的命令，有時會產生一些衝突。不知道步兵隊是怎麼解決這種問題。

　　徐偉業聽完的表情根本是「XD」哦！因為我們和專軍的海陸也處不好啊！可是徐偉業說，他覺得那些海陸學長很單純，

想法很直線。步兵隊的同學因為知道他們那麼直，所以會一直刺激他們，只要看到專軍的海陸生氣，步兵隊的人就很爽。講到這個，中隊長聽了還大笑。

但是徐偉業說的沒錯，我們同學裡，像是阿財那些嘴巴比較賤的，都會挑釁專軍隊的那些海陸。對專軍隊的陸軍學弟倒是很客氣哦。

徐偉業補充說，那些海陸學長不是壞人，只是因為他們先掛了少尉，覺得自己了不起，想東管西管，到處教別人。我們步兵隊十一月底掛階之後，同學也到處找低階的士兵麻煩，態度也很囂張。這是個過程，看到人家不像話，只能提醒自己不要變這種人。中隊長說徐偉業講得很好哦。

那學妹追問說，專軍海陸少尉人數很多，卻都不太做事，只會站在旁邊看。專軍隊人本來就少，有人不做事，其他人壓力會很大。特別是他們還有十個女生什麼的。

中隊長問說怎麼都沒向他反應，但學妹說有中隊長在的場合，也都有海陸學長在，所以陸軍的學弟妹比較不敢反應。中隊長說之後他會處理這個問題。

我覺得搞這種學長學弟制哦，最麻煩的是工作分配不均。在專軍班來之前，我們步兵隊也有另一個班隊的學長要應付，叫「機步士」，機械化步兵士官隊哦。他們有些只是上兵，但因為我們步兵隊當時只是學生階，都被壓著叫他們學長。

但我們比較聰明哦，抓到這些學長的思考邏輯之後，就反過來利用這些機步士學長。但專軍隊嘛，那些陸軍學弟都嫩了點，海陸的少尉鬼叫幾聲，他們也當真。

這些閒聊我也只是大概印象，都沒寫下來。

（訪談人：除了這一段討論之外，還有其他值得一提的內容嗎？像是與幹部有關的？）

嗯……我想起一件很奇怪的事情哦。我想一下怎麼講。

中隊長最早吃完離開。我快吃完的時候，徐偉業的手機響了，他拿出來看，說是他媽打來的，隨手按掉了。然後副中隊長也吃完，向大家道別，也離開了。然後沒幾秒，徐偉業也說他吃飽了，也離開了。現場剩下我和學妹。臭臉哥一直都沒來。

接下來是重點哦！學妹突然問我徐偉業是怎樣的人。哦靠這個問題超突然的，我也不知道她是要問什麼，所以隨便回說「很壯的小白臉」之類的。

然後她好像生氣了，問說「你們男生是不是都不太注意其他男生在幹嘛？」

當然啊，誰會管其他人在幹嘛？他別管我就不錯了哦！我就這樣告訴學妹。但我想學妹可能是喜歡徐偉業還是怎樣，想要打探他的消息，所以我多補充一句說，他有女朋友囉！

結果學妹超生氣的。她問我說徐偉業剛剛電話響了沒接，然後馬上走了，難道不覺得奇怪嗎。

雖然我和徐偉業不熟，但我知道他都很聽他媽的話。他很媽寶啦，所以應該是去找沒人的地方回電給媽媽吧！

但學妹吐嘈我說，徐偉業是直接放下一大盤菜走了，光是看媽媽來電會這麼急嗎？他媽又不會在校門口。

有道理哦。但我當時是沒想通啦，講不出什麼東西。學妹後來說，她覺得徐偉業不是接到他媽的電話才走的，是接到其他人的電話。

我還是不懂哦，學妹就很無奈，問我徐偉業接到電話之後，還有誰走了。

當然就是副中隊長囉！

然後學妹一直看我哦。不是含情脈脈那種，是快翻白眼那種。這時我才知道學妹認為是副中隊長打給徐偉業，要他一起走。

可是副中隊長剛剛沒在打電話啊！她一直在吃飯。但學妹又吐槽我說：「她是沒在講電話，但沒在打電話嗎？」

你看，我有把這句話抄在小本本上，「沒講≠沒打」。然後學妹說副中隊長是把手機放在口袋，按撥出，徐偉業看來電顯示是副中隊長打的，馬上按掉，說是媽媽打的，然後副中隊長先離開，徐偉業也馬上離開，這是他們約好的暗號。

靠，這個女人的想像力，真的是蠻強的哦。她整天看到我們的鳥樣，應該心中有超多小劇場的！

（訪談人：她是把這連結到掉槍機事件嗎？）

有哦。她說我們這麼不注意彼此，槍機實在太好偷了，沒人偷，走一走也可能會掉。這個吐槽真的有中！

啊，對了，後面很好笑哦，就是她說步兵隊也是有很細心的人啦！我問她是誰，她就要我偷偷往第三桌看。

我沒轉頭，慢慢的移動眼睛往右瞥。我們坐第一桌，第二桌是空桌，第三桌的人都是步兵隊的，我發現他們都在偷看我這一桌哦。我故意突然轉頭看他們，他們都嚇一跳，然後在那邊傻笑。超智障。

　　靠，不過他們一定都以為我在把妹。雖然的確是啦，但這真的是學妹找我講事情啊！

　　最後學妹說我真的太弱了，要小心一點。她還補了一槍說「被我害到早點名就算了，不要被真正偷東西的人害到了。」靠感謝她的關心哦，她終於承認那天早上是婊我的哦。

（訪談人：她提過她認為是誰偷槍機的嗎？）

　　她沒有直接講，但我印象中她應該是懷疑副中隊長哦！因為她有問過我們是不是有人「也」懷疑副中隊長。她還說：「學長你們明天就走了，我們還有四個月要和副中隊長相處呢。」還用筷子指著副中隊長的位子。這樣講真的很嗆。

　　不過副中隊長真的是怪怪的哦，她是取槍領隊，當然可以偷，偷了也很好藏，她一個人也可以完成。哦？也可能是和步兵隊的人合作啦。

　　但會是誰呢？徐偉業嗎？雖然學妹懷疑他們兩個有一腿，但我感覺不是，小偷應該會緊張或看起來怪怪的，可是徐偉業和之前看來差不多。不過我之前也和徐偉業不熟。

（訪談人：你和學妹聊了很久嗎？）

對，很久哦，但聊什麼已經忘了。我是聊到發現同學都吃完跑光了，才嚇一跳起來。應該是很接近六點了吧。我起身的時候說：「請慢用。」結果學妹說她也不行慢，快遲到了。我就說：「哦那有空再聊。」學妹又吐槽我說之後哪裡會有空啊。然後我就離開了。

　　之後好像真的就沒有和學妹聊天的機會了。當時也忘了交換手機，現在想起來還真是有一滴滴失落感。同學都覺得我有她手機。

　　妳們會去訪問當時五中隊的每個人嗎？妳們會去訪問她嗎？她真的蠻可愛的。

　　妳們看過她？

十四

，

肥宅取暖
是溫上加溫

訪談形式：面訪

受訪者：王志豪少尉

主題：民國98年1月5號，18：00至19：00，取槍，擦槍與送槍。

（訪談人：請自我介紹。姓名職級即可。）

少尉排長王志豪。妳叫我講姓名職級就可以的喔。

（訪談人：請說明晚間六點時你們的擦槍過程。）

整個過程都要講喔。擦槍不都是那樣嗎。就擦一擦。

嗯。好吧，我多講一點。在步校最後一次擦槍，沒後送的
都有來中山室幫忙。正常是軍械士要帶擦槍，但因為朱雲海在
醫院，所以我出來帶。帶擦槍的時候，軍械士會像值星官，可
以調度全部人力，真的值星官這時會閃邊涼快。

因為那天早上用了六十六把槍，我找前兩個班的人下去取
槍上來。除了拿槍，還要拿通槍條、分解墊和擦槍油。

這麼細的事要講嗎？

（訪談人：你想得起來的都請盡量描述。）

流程和過去一樣，下去之後是找中隊長開庫，取槍。上來，是由前往後，把槍枝和分解墊傳下去，一人一把槍，一張分解墊。大家都是接到槍之後不待命令大部分解，自行處理。

　　同學都會自己進行整個擦槍流程，從成功嶺到現在都天天擦。很多人可以像電影演的那樣，閉著眼睛分解結合。

　　我聽說二梯的學弟不會大部分解和擦槍，嚇死我了。但這和步校沒關係，好像是成功嶺沒教。

（訪談人：擦槍的過程中曾注意到什麼事，或談到什麼嗎？）

　　沒什麼事耶。

　　很多人都說是最後一次碰槍。我現在是在後備，還碰得到槍，但五中隊有很多人是在中正預校和國防部的高司單位，他們可能碰不到槍，因為那些單位帶的不是戰鬥兵科。

　　有同學聊到以後開槍要去國外打，早知道打靶時多打一點。剛到步校時的確很多打靶課，後來完全沒有了。第一個月真的是白天打，晚上也打。但我印象最深的，是打靶課的那天，我們的飯永遠送不到。沒飯吃，靶場內也沒小蜜蜂，也沒營站車，只能坐在原地餓。

　　對了，有次打靶發生一件事，我覺得怪怪的。不知道和掉槍機有什麼關係，但是怪怪的，可以講嗎？

（訪談人：你覺得可疑都歡迎提供。）

也不是很可疑啦，只是怪怪的。

那次是打班用機槍。妳知道班用機槍嗎？單手能舉起來的小型機槍，我們在打的時候，是兩人一組射擊，扣扳機的叫射手，另一個是副射手。副射手在旁邊扶著彈鏈，讓進彈能順利。

那次打靶是夜射，夜間射擊，因為夜射不好瞄準，所以每幾發子彈中會夾一發曳光彈，打出去子彈會有紫色的火光，射手就能瞄準。但槍打久了，曳光彈的塗料會黏到槍內的管路，加上連續射擊的高溫，就可能燒起來，甚至膛炸。膛炸會死人的，當時金門好像這樣死了一個。槍炸掉死的。

那次夜射，是三梃機槍排成一線，對著一兩百公尺外的靶打。每梃槍的後面兩人一組排隊坐著等，前面一組打完，後面的補上，慢慢輪動。因為兩百多人只打三梃槍，即使每組有兩支槍管可以換，打到最後還是每組槍都過熱。

快輪到我的時候，「磅磅磅」的槍聲突然停了。我側身往前看，發現槍邊的兩個黑影往左右逃開。射手和副射手都跑了。

因為我是副軍械士，所以我走過去看看發生什麼狀況。我一段距離外就看到槍的機匣蓋下方冒出白煙，還噴一點火花。我在想這是「膛炸」嗎？可是沒炸啊！還是要炸之前？

火花越來越大，四周都在亂喊。幾個同學搶著跑去處理，槍很快就圍了一圈人，我被擠在很外面。

最早衝到槍邊的同學打開機匣蓋，反覆清槍、排除狀況。然後很多人嘴砲說「先退彈！」「清槍！拉拉柄！」但只有一個人在操作，其他人都只出嘴這樣。

最後煙退掉了，教官才來。他說這不是膛炸，是槍機一直

來回復進，把四周的草吸進去，然後槍身過熱，加上曳光彈的燃燒藥就燒起來了。只要排除就沒事，還可以打。

大家聽見沒事，慢慢散掉。我才看出努力清槍、排除狀況的那個人是朱雲海，我們的軍械士。他默默離開，回到自己排的那梃槍後面去。他是排另外一梃的。

那梃槍之後再開工，但輪到我的時候又卡彈了。我清槍一次，發現退出來的彈頭是歪掉的。是最危險的卡彈，子彈被撞擊了，但卡在槍管頭出不去。

教官過來說，這是過熱到槍管無法進彈，這才可能膛炸，要我換一梃槍來排。他講得超輕鬆，會被炸到的是我耶。

嗯，這事怪怪的地方，是我換排另一梃槍之後，大家在討論逃走的射手與副射手到底是誰。有人說好像是徐偉業和龍哥，但不太像這兩個人的風格，說是摸魚哥和摸魚弟還比較有可能。

摸魚哥和摸魚弟是我們兩個很混的同梯。不重要的人。

也有人說是阿財，但他正好排在我們後面，所以他氣炸了，說什麼不可以隨意指控他「這麼聖潔的人」。這好好笑，大家都知道他在後面，還故意一直嘴砲是他逃走。

硬要我猜，我覺得那兩個跑走的人有一個是徐偉業。樣子很像，但這真的不像他會做的事，所以我覺得很怪。這樣好像是在講徐偉業品性不好耶，但他人不錯。

所以，所以，我覺得可能是樣子和徐偉業差不多的人，可以懷疑一下。不知道這種事對你們有沒有幫助。

（訪談人：那擦槍現場還有什麼值得一提或特別狀況呢？）

220

嗯，沒什麼事。大家一邊擦一邊聊天，還蠻吵的。這算特別狀況嗎？

　　過去朱雲海在帶的時候，他會管擦槍時的聊天聲量，但我不會管。聊天最大聲的是座號最後面的那些人。阿財和老頭那些人，他們大聲到我坐最前面都聽得到他們聊天的內容。他們在講說什麼上次擦到一把槍，拿起來發現好重，結果轉過來看才發現裡面都是土。這是因為拿槍來當拐杖用，一直用槍口撐地，土都跑進去了。

　　比較靠前面的人是在聊說擦槍最麻煩的是什麼。我覺得擦槍最麻煩的是「毛」。毛是空氣中的灰塵、纖維，毛不影響槍枝的運作，但如果你把擦槍當成手工藝來做，那會把槍管內擦到完全沒毛。我習慣把槍管一頭對著日光燈，仔細查看內部，確定能「完全除毛」。

　　這不知道是誰留下來的標準。有人都說是成功嶺新訓時排長教的，但我覺得是步校武管室的過度要求。因為擦得太用力，步校的槍都有過度保養的問題，教官說是「鐵槍擦成繡花針。」也許那把燒起來的班用機槍，就是過度保養，密合度不夠，才會捲進草屑。

　　對了，講到武管室，我想到一件事可能和掉槍機有關喔！但不是掉槍機那天的事。

（訪談人：只要你覺得相關的都可以提供。）

　　好。我覺得有關係。

我們除了自己的 65K2 之外，其他類型的槍都是武管室借的，像是機槍。但武管室的人真的很雞巴，只要你還槍的時候沒擦乾淨，沒擦到他們要的標準，就會被取消榮譽假。

　　老頭有次和我一起去幫忙三中隊的人擦排用機槍，他只負責擦一個像戒指那樣大的瓦斯環，擦了兩個小時，用 WD40 一直噴，把它從黑色擦成銀色的，結果後來去問三中的人，這槍送檢查還是沒過關，簽名負責的那個同學被取消榮譽假。這真的超扯的。

　　但我們五中隊軍械班，其實是不用擦武管室借出來的槍哦。因為我們剛到步校的時候，分好班，選完幹部時，副中隊長才提出擦武管室槍的問題。後來大家吵得很兇。那時副中隊長還在，後來才消失的，最後又出現，然後就掉槍機。

　　我重講一次好了。我們到步校的第一天，晚上分好班之後，副中隊長說，軍械班除了處理五中隊自己的槍之外，還要擦向武管室借出來的槍。如果擦完送回武管室，他們那邊的人檢查沒過關，會被取消榮譽假。

　　取消榮譽假，代表會從原本週五下午么八（18:00）放假，改成週六早上洞八（08:00）放假。我們都說槍是軍人的第二生命，「假」是軍人的第一生命，你禁我休假，我和你拼命。

　　而且擦了沒過就算了，擦了有過，還是可能沒辦法準時放假喔！因為週五上午有用槍，那下午也要花時間擦。這些槍靠我們軍械班十個人擦，會擦很久，可能趕不及週五下午么八的放假時間。因此我們軍械班的人很可能會每週都無法準時放。

　　這不太公平，而且副中隊長不是在大家分班前說的，而是

分好才說的，我們軍械班的人都很肚爛。當時朱雲海有提出反對意見，但老頭說這樣才符合什麼無知的標準，大家在無知下分班才是公平；如果知道擦槍會影響放假，當然沒人想選軍械班。這道理我懂啦，但事後才講，我們軍械班當然會很不爽。

所以我想喔，會不會是因為這樣，軍械班的誰一直懷恨在心，最後就偷槍機來整副中隊長？可是偷槍機整到的，感覺都是軍械班自己人。

（訪談人：所以這算是報復的可能原因？除此之外還有其他資訊嗎？）

這我還沒講完耶。還有一段。

當時朱雲海提案，看能不能改成各班輪流擦。但其他班當然不會理他。

有個很混的同學叫摸魚哥，他說聽來過步校的人說，以前的班隊是叫高雄人擦槍，因為高雄人就算晚放假，從鳳山這裡也可以很快回到家。台北人到家最快也八九點以後了，所以高雄人擦晚一點，還是可以和台北人同時間到家。

我是花蓮人啦，回家更久，但龍哥這些高雄人聽了超不爽，都跳出來罵說六點放假是大家一樣的權利啊，誰管你幾點到家之類的。很多台北人也認為不能用住的地方來分配工作。

後來老頭建議問看看其他兩個中隊怎麼解決，或三個中隊協調一下，統一處理，分攤風險。大家於是派剛上任的徐偉業去找其他兩中隊談判。

沒想到徐偉業居然談出一個不錯的結果。因為三個中隊的步兵隊都是一起上課，向武管室借槍也是一起借，所以徐偉業和其他兩中隊交換，讓其他兩中隊去借槍、擦槍和還槍，我們五中隊專門負責運送彈藥。當時其他兩中隊覺得彈藥危險，所以都答應了。

但之後機槍用了很多次，危險彈藥卻很少有，所以這交易到看來是五中隊賺到了。而搬彈藥的部分也不是軍械班負責，是用「搬彈原則」決定。這個我剛剛講過了，就是那個有老婆小孩的人，還有博士、碩士都不用搬的原則。

我現在冷靜想，發現不管是哪種原則，最後好像衰的人都是我耶。說不定就是很像我的人偷槍機，來報復社會。欸，這樣講，不就變成我最像是嫌犯嗎？

（訪談人：我們不是軍法單位，我們只是盡可能想瞭解狀況。之後擦槍現場沒什麼值得一提的狀況了嗎？）

嗯，大家一直聊天啊。聲音大到徐偉業都快抓狂。如果是朱雲海在帶，他一定會跳出來制止。他還在擦槍時痛罵過阿財，還有摸魚弟，因為他們聊天聊得太爽。

不過朱雲海罵完之後，大家都還是好兄弟。因為罵得有道理吧，也可能是因為阿財他們雖然亂來，但還是有些基本概念。我對罵人沒自信，所以都不管，讓他們吵吵鬧鬧到擦完。

（訪談人：擦完之後是送槍嗎？）

我想到一件事。

快擦好的時候，老頭拿槍跑來找我說，他那把槍的瞄準具不見了。我看果然是整組覘孔部都沒了，整個瞄準具都不見，只剩底座。

他說剛拿到時沒注意，擦到時才覺得怪怪的，才發現是瞄準具的量尺和覘孔那片都不見了。但這東西是拆不下來的，要用專門的工具才行，也有可能是因為太舊自己掉的。

大家都跑過來看這把槍。我們才剛掉槍機，又發現掉這個。不管這個部分是什麼時候掉的，現在才發現真的是很糟糕。

老頭認為這或許和偷槍機有關，說不定是同一個人幹的；不過我認為不太可能。因為如果不是螺絲壞掉，瞄準具很難拿下來，要有專門工具，徒手拆不下來，這不是在取槍過程中能偷的。我告訴大家，不信的話，可以去拆自己手上槍的瞄準具。當然是沒人拆得下來。

龍哥說，如果幹走槍機的人也幹走這瞄準具，很可能代表是武管室的人幹的，因為只有他們有時間和工具做這種事。偷槍的理由，大概是因為他們把我們的槍當器官槍。器官槍，就是專門拆零件來修其他槍的備用槍。

但我想到，這槍並不是掉槍機的槍啊，掉槍機的那把槍應該還在軍械室。這代表他們從兩把槍上拆東西？分散風險嗎？

徐偉業說不管怎麼掉的，重點是我們又掉了一個瞄準具，這個問題要怎麼解決。上面不會接受什麼武管室幹走的說法，因為我們現在才發現。

之後相關討論很多。蠻亂的。

（訪談人：那最後你們是如何處理的呢？）

　　最後處理方法是我想的，我覺得只有不報上去才有救。那天早上掉槍機，是因為我太快報上去才一發不可收拾。所以最好的方法，就是不要報上去。

　　這理由兵當久一點的人都會懂。徐偉業、龍哥、老頭都支持我的想法，認為等到我們明天離營時，再私下報給中隊長。這樣也來不及追究我們，中隊長也可以用之後比較少班隊的空兵期去想辦法補料件。

　　阿財說，如果我們之中有人跑去外面說出來，那就麻煩了。像是那個偷槍機的人，如果他去檢舉我們隱瞞掉瞄準具，事情會更大條。

　　老頭的心機比較重，他很快想出解決方法。他說如果有人去檢舉五中隊掉瞄準具，那我們全部都說不知道，這樣變成只有檢舉的人知道，那當然就代表是他偷的了。大家統一推給他，不就得了？我們都覺得道理。

　　國軍就是這樣，所以壞事都沒人舉報；但國軍這種爛法，這次倒是救了大家。最後掉瞄準具的事情，是我在第二天離開前向中隊長私下報告的。

（訪談人：所以你不知道隊上之後是怎麼處理的？）

　　不知道，反正沒我們的事了。

　　妳不要以為我們都很壞哦，像老頭雖然想出這麼惡劣的解

決方法，但他還是幫中隊長找回一支拉柄呢，算打平吧。拉柄那事要問他，我不在場。那也不是擦槍時候的事了。

（訪談人：你們擦完之後立刻送槍？）

　　對。我叫大家整理場地，然後帶隊下去送槍。中隊長和我一起合開了軍械室的大門。我站在軍械室的門口旁邊，看同學進去沿著槍架一路掛槍。

　　我看了很久，想從自己站的角度看出哪枝槍少了瞄準具。結論是看不出來。那 就 OK 了。

　　掉槍機的那枝槍也不在原來的槍位上。可能是被校部的人拿走了吧，也可能在大隊那。槍都送完，擦槍工具入定位，簿冊清點登錄完成，中隊長就把大家都請出軍械室，轉身鎖門。

　　才想說可以休息，中隊長又告訴我說兩洞五五（20:55）還要和他晚二清。我當場嘆了口氣，嘆完才想說中隊長聽到可能會發飆，但他都一直笑笑的。

　　這比較反常。除此之外都沒啥特別的。

（訪談人：你覺得中隊長和平常不太一樣？）

　　對，怪。所以我還記得。

　　還有，我要走上樓的時候，中隊長跑來叫我，說他等一下和副中隊長要沿著早上取槍的路線再去找一次槍機。他要我回五中隊問看看，有沒有人想一起幫忙找，如果有，請他們么勾

洞洞（19:00）到一樓大門口集合。

　　我就回樓上去拉志願出找槍公差的人。

（訪談人：所以在七點之前，你都在拉人參加？被拉的同學有什麼反應嗎？）

　　我是轉告徐偉業，他再去拉人的耶，所以我不知道他們被拉的時候有什麼反應。

　　但我補充一件事喔！講到拉人，我想到另一個拉人的事。不是中隊長說的拉人，是另一種拉人。

　　我接完中隊長的命令，走到二樓時，碰到很多專軍隊的學弟妹下樓，應該是去上課或自習吧。他們的值星學妹走在最後，我們都叫她小楊丞琳，也有人叫她小可愛。

　　她跳跳跳的下樓來，很開心的樣子。她和我擦身而過的時候，突然喊：「學長！」

　　我本來以為是叫她專軍隊的學長，但她突然拉我迷彩服下擺的角角，問我：「學長你們今天晚上還有課嗎？」

　　我嚇一跳。我說晚點名前沒有課程，不過中隊長要我們出一些人去找槍機。

　　她問需不需要專軍隊幫忙，我說應該不用。她笑笑的敬禮，我回禮後就轉身繼續沿樓梯向上爬。經過樓梯轉角，我看到她還是停在原地沒動，一樣笑笑的。

　　她確定我看到她，又問了一次：「學長，真的不需要幫忙嗎？」我還是說不用。她又敬了一次禮，說：「謝謝學長。」

這次我回禮的手還沒放下來，她就跑掉了。

　　這件事，我現在還是記得好清楚喔。雖然你可能會覺得很悲哀，沒交過女朋友的男生才會記得這種事，但我是有點感動。不知為什麼感動。是因為難得被人重視嗎？還是在軍隊裡面才會這樣。

　　講到這件事，我覺得迷彩服的角角好像又被她輕輕拉了一下。會想轉頭看一眼，看是不是她在那邊。

　　好像又回到那個暗暗的樓梯間了。唉。

十五
，
戲子比婊子
還無情

訪談形式：問卷訪談（由受訪者所屬單位保防人員進行）

受訪者：陳加智少尉

主題：民國 98 年 1 月 5 日，19:00 至 20:00，晚間找槍機。

（請先自我介紹，並以文字或圖表說明當天晚上七點到八點之間發生的事件。請盡可能詳述人數、時間等數字，若不太確定的部分，也請特別註記。）

一

我是陳加智。還要再介紹一次喔？副連麻煩你複製貼上前面的吧。

七點那個找槍機的活動是我帶的沒錯。這件事非常神奇，保證副連你聽了也會覺得太誇張。我會把還想得起來的細節都盡量講。

二

大概晚上七點左右吧，我去第二大寢問有沒有人想幫忙找槍機。同學都在整理明天要帶走的東西，因為要一次搬空，如果之前幾週沒先搬，當天就很累。

內務都亂成一團，也沒人管，因為明天早上沒內務檢查，東西要全部拆去送洗，那維持標齊對正也沒意義。

　　中隊長還恩准同學的包包可以放在空床上，但只有第二大寢有空床，而且都已經被堆滿了。也有人直接堆在走道。

　　三

　　明天雖然是放假，但我沒推出包車服務。大家行李都那麼多，平常一台計程車可以載四個，明天可能兩個就滿了。

　　四

　　我到第二大寢是要拉人去找槍機的，因為都沒人理我，我只好拍拍手大聲說：「各位！各位！聽我說一下，三十秒就好。」

　　還真不少人從各角落探頭出來，我說第一大寢很多人要出去找槍機，現在要去一樓門口集合。

　　中隊長說當成最後的掙扎，所以沒勤務的同學，看能不能下去一起幫忙找，帶好一點的 LED 手電筒去找。

　　我說，大家兄弟一場，軍械班已經賽了一整天了，大家挺他們最後一次，有錢出錢有力出力，大家都沒錢那都來出力，當晚上出去運動運動，散散步啦！

　　因為沒人動，我就先去拗摸魚哥和摸魚弟，只要連他們都肯去，其他人就應該都會去。但他們根本不理我。我就叫阿財出面拗這兩個人。

阿財本來自己也不想去，但後來可能是良心發現啦，加上老頭一直在旁邊說阿財是摸奶哥，是摸魚哥的好兄弟，所以阿財就努力幫忙拉人。這邏輯我真的不懂，但後來摸魚哥真的被阿財拉動了。

五

阿財去拉摸魚哥的時候，摸魚哥還在床上猶豫。我帶一批人動手動腳，大呼小叫、半拖半拉要摸魚哥走。

摸魚哥最後真的穿上外套站出來，他還伸手拉上鋪的摸魚弟，要摸魚弟下來。他說「要死一起死」之類的，摸魚弟也只好穿外套跳下來。摸魚兄弟都出動了，還活著的人也都動啦！

就這樣動員了八成以上的人力，整個第二大寢只剩下有勤務的兩三個人。

我記得老頭沒去，他要修廁所。

我和大家一起下樓。一路上阿財都搭著摸魚哥的肩，怕他繞跑的樣子。

六

我們下去的時候，已經超過原定的七點集合時間，但中隊長和先下去的人都還沒出發。大家也沒成什麼隊型，在集合場站著閒聊。等大隊長和副中隊長出來，才出發去找。

我們是幾十個人肩併肩成一長排，以早上帶隊的副中隊長

為中心，慢慢一步步往武管室推進。

雖然是延著馬路走，但站在兩邊的人會走入草地。這對我們不算什麼問題，因為我們很習慣走草地，而且是後山那種鬼草地。校區的草真的太嫩了，不算什麼。

後山有一種巨大的草還是樹，像放大二十倍的含羞草，長滿刺，只要摸到，手就一排血痕。對啊！國軍迷彩服全身包成那樣，為什麼就兩手空空，不發手套啊？

七

我們從一大隊出發後，每秒鐘推進不到十公分，大家都低頭認真找。摸魚兄弟也是標準的搜索動作，兩手在地上摸。

因為用摸的，所以我們花了十幾快二十分鐘才走到武管室旁。

這趟沒找到槍機，但還沒收隊回去，大隊長下令要大家在武管室這邊的草地以同心圓展開，趴在地上慢慢摸看看。

我們改成兩三人一組，往外散開。這時還趴在地上的人不多，但都有認真找。這種志願加班的公差，如果要摸魚也不會來了。

但認真歸認真，大家還是很快掃過草地，抵達四週的建築物牆邊，依然什麼都沒找到。一些離長官遠的人也批評這樣找太白痴，根本不可能找到。

八

這時我也想放棄了，慢慢往武管室方向走回去。但副中隊長朝我走來，下令要我和附近的饅頭哥、龍哥這組人，往更外圍去找。

饅頭哥看來很驚訝，因為那不是取槍人員走的路線。我是沒啥意見，但我知道饅頭哥的驚訝點是什麼，因為我們剛才找的花圃已經偏離取槍路線至少三十公尺以上了，別說花圃後面的地方。

九

這次我們檢查得很細，把整片草地都掃視過一次，也用腳踢了深一點的草叢。但還是沒特別的發現，連飲料杯都沒看到，代表掃這個區域的部隊清理得很認真。那更不可能有槍機。

同學慢慢集中回武管室門口，饅頭哥和龍哥也往回走。

副中隊長又走過來，突然開口下令說：「那邊有個垃圾桶耶！去找看看吧。」

她指著我們後面很遠的一個橘色大垃圾桶，是在轉彎的牆角。那已經和送槍路線差了五十公尺以上。

雖然很遠，但龍哥說早上第一次出來找的時候，已經翻過那個垃圾桶了。但副中隊長說再翻一次，當做是最後的掙扎。

她笑得很尷尬。副中隊長的樣子很像大學迎新時，什麼夜間尋寶關卡的小隊輔、關主之類的，就「不好意思，我們這一關很不好玩哦，但還是請大家配合一下」的那種表情。

她是中尉，離大學時期也沒多久吧，頂多兩三年。我和龍

哥應該比她更老。

　　但饅頭哥和龍哥還真掉頭回去找，我也只好跟去。才走沒幾步，我聽到武管室前面的人在喊：「收隊啦！」我轉頭喊了一聲：「最後的掙扎！」繼續往垃圾桶過去。

　　我們三人走到垃圾桶旁，是饅頭哥打開桶蓋。裡面的垃圾很多。一般下午四、五點，負責清掃這一區的單位會把垃圾倒光，但裡面居然有這麼多垃圾，也是蠻神奇的。如果不是忘了倒，那就是在四五點之後的晚餐時段又多了一缸子垃圾。

　　桶側的提把上掛了一支鐵挾，饅頭哥就用來把裡頭的東西一一揀出來。

　　多數垃圾是包裝袋和手搖杯的空杯。饅頭哥把垃圾慢慢夾出放在一旁地上，我和龍哥用鞋尖把地上的垃圾撥開，確認有沒有槍機。副中隊長只是雙手插腰站在一旁看。

　　幾個原本在武管室前面的同學，也好奇我們在幹嘛，慢慢走過來。

　　快挖到底部時，饅頭哥看見一團比較大的垃圾。是亂揉成一大團的報紙，沾得髒髒黑黑，像是擦過油污後丟掉的。

　　饅頭哥先用挾的，發現挾不動，又再用左手去拉相對乾淨的一角，卻發現這團報紙重到兩根指頭拉不太上來。

　　他把挾子掛回桶側把手，改用雙手去捧，把那團報紙托起來，放到一旁草地上。

　　從旁邊看，感覺好像很重。我給了饅頭哥擦手的面紙。龍哥去拿饅頭哥放下的挾子，把報紙團撥開。那是四五張疊起來亂包的髒報紙。龍哥又拉又抖，裡面一個東西就滾出來。

我們三個都清楚看到那是一支槍機。

十

我們三個人都認出來了，連「幹」都還沒講出口喔！副中隊長就衝過來拿走，直接用手拿，然後舉很高，轉身對著武管室前的人群大叫：「找到啦！槍機在這裡！我們找到了！」

我看不到她的表情，但聽得出她很開心。只差沒蹦蹦跳了。

幾個打算過來幫忙的同學正好走到副中隊長前面，看到她手上的槍機，都是直接呆掉。

是槍機沒錯。但不是那支槍機。不是掉的那支槍機。不可能是。太新了。是一支新的槍機。饅頭哥也認同我的看法，但我們都沒多說什麼。

我很確定那是新的，因為機油沒沾到地方是銀色的，是金屬原色。舊槍機不可能是那樣的，都是黑的，怎麼擦都是黑的。龍哥好像不太確定是新的，但和我們兩個人對過之後，也確定了。

十一

我們還在討論，副中隊長已經跑回武管室前面，拿槍機給大隊長看。從我這看過去，是幾個幹部聚在一起研究那槍機。外圈有幾個同學也在探頭，但都不太敢靠近。

十二

我很肯定找到的不是我們掉的那支。

是副中隊長指定要我們去翻這垃圾桶，特別指名的。所以我覺得她知道裡頭有槍機。是她放了，然後要我們找出來。

十三

饅頭哥很看得開，只想回去洗澡休息。龍哥在那邊說什麼「這槍機應該不能碰吧？這算是第一現場吧？不用採指紋嗎？」之類的。

我說那槍機太新了，一定是中隊長他們去外面找工廠去車出來的。

如果那槍機是新的，不是掉的那支，那還採什麼指紋？就算要採指紋，副中隊長一看到就拿著，剛好可以賴說是因為拿著，所以都是她的指紋。

十四

同學跑來說上面要大家把垃圾桶的東西全裝回去，我們也就依命令把地上的東西清理乾淨。連報紙也都塞回去。

他們沒有要抓犯人啊，槍機為什麼會從槍裡面跑到報紙裡面，都沒人要管了。

我們收完垃圾是往武管室走，走沒幾步，就看到武管室前

面的同學都散了，像是解散直接回去了。我們才又轉頭散步回家。

十五

應該是副中隊長去車的沒錯。她那天曾出去過，送朱雲海去軍醫院。

但他們車一支新的，反而可以證明不是隊上幹部偷的；如果是自己人偷的，幹嘛去車一支？

這支新的槍機，應該是為了幫中隊長避掉懲處，所以想辦法生出來的吧。要我們去幫忙找槍機，是要演一齣找到槍機的戲，這樣中隊長安全下莊，大家也都有貢獻，五中隊上下都沒話說了。槍機找到了，可以結案囉。

十六

我突然想到自己拗了一堆人來，結束之後應該通知徐偉業一下，所以打電話簡單回報了結果，沒多說什麼。

我覺得還是該慎重些。他比較像長官，不太像同學。沒必要說太多，簡單回報就好。

十七

現在我回想，我確定是副中隊長要我們演一齣戲。這戲我

們都看得出來，隊部長官也都看得穿，而且就是要讓大家都看得穿！這樣大家一起造假，就都沒話說。

而且這是為中隊長做的。看在中隊長幾個月來的照顧，我想多數同學應該也會覺得算了，校部願意買單這種結果，那就好了。

可是大家應該都知道，掉槍機的事情並沒有真正解決吧？

演過這一齣找到槍機的戲，之後沒有找槍機的壓力，那真正的犯人也不會有人去追囉？那槍機會一直流落在外面？這樣處理事情對嗎？不對吧！副連你也覺得不能這樣搞吧？

但到底是誰偷的呢？隊上幹部演這場戲，代表不是他們偷，那是同學偷的囉？

還是更陰謀一點，槍機還是隊上幹部偷的，但他們演這場戲，就是要讓我們以為不是他們偷的？讓我們回頭去懷疑自己同學？靠，這樣就太奸詐了吧。

還是說，我們找到的，其實就是掉的那支啊？看起來不像掉的那支啊！很新。而且為什麼會跑到那麼遠的垃圾桶，還被報紙包起來啊？有人偷了，然後包一包丟垃圾桶？他幹嘛這樣做？

我到現在還是想不通。副連你覺得咧？

十八

講到這，我突然想到，這個調查，應該也會訪談其他同學吧？大家真的能提供什麼正確的資訊嗎？雖然我的部分都講完

了，但是我現在覺得，好多事我搞不好記錯了。

　　像大家講過什麼話，我越想越覺得沒辦法確定。我好像是用他們的嘴，說我想講的話。

　　也許我們都是在編故事，就像他們要我們演戲一樣。演給想看的人看。

十九

　　和大家走回隊部的時候，我一直偷看副中隊長，想看她會不會有什麼奇怪的反應。她很高興的樣子，比平常更天真、快樂的感覺。平常她很冷淡的，但這時有點可愛。會讓你覺得，果然是比自己年輕的妹妹啊。

　　這樣講又變成我很癡漢。

　　但她綁馬尾又在笑的時候，你不會討厭就是了。我想男生應該都不會討厭。

　　（記錄人員已依事件時間調整各段順序）

十六
，
知人知面也知心
卻不支倒地

訪談形式：問卷訪談

受訪者：徐偉業少尉

主題：民國 98 年 1 月 5 日，20:00 至 21:00，寢室自由時間。

（請先自我介紹，並以文字或圖表說明當天 20:00 到 21:00 之間發生的事件。請盡可能詳述人數、時間等數字，若不太確定的部分，也請特別註記。）

　　我是少尉排長徐偉業，當時的實習中隊長，其他資訊請參考前面的部分。這一段時間的事件，我要從略早的時間點開始提供。

　　19:50

　　晚上同學去找槍機的時候，我是在隊部留守。
　　理由是根據慣例，實習中隊長在沒特殊任務的狀況下，要跟著「大部隊」，而大部隊所在的位置是照表操課，看課程表上部隊應該在哪裡，我就該在那裡。步兵隊當時的課程，是在寢室整理內務，因此我選擇留在寢室，沒去找槍機。
　　但我也是到各路人馬都出發後，才發現留下來的只剩十幾

個人，中隊長和副中隊長那些正職幹部也都去了。這讓我頗焦慮。

大概在七點五十分左右，我手機突然震動，是陳加智打來的，他說他們找到槍機了，但口氣很平靜。我很高興的問他，找到槍機不是應該超爽的嗎，怎麼這麼平靜？他只說回去再講。

我聽出可能有其他狀況，於是請他回來隊部再說。其他留守人員也陸續接到電話。在找槍人馬回來之前，這些二手訊息片段拼湊起來，會得到一個離奇的故事。

據說是副中隊長指出一個垃圾桶，然後就在裡面找到槍機，而那槍機新到像是下午才在工廠用機器「車」出來的。因此那幾十個同學是被設計演出一場「找到槍機的戲」，是為了讓事情能結案，長官全平安下莊。

我認為這實在太誇張了。不是說這狀況難以理解，因為我們也討論過去車一支新槍機的可能性，但我沒想到幹部們真的會如此施行。

這樣的搞法，大家都認定這是在騙同學去演戲，也會認定找回來的槍機是假的。事情不但沒解決，反而是「錯了兩次」。早上掉槍機是錯一次，現在裝成找回槍機又再錯一次。而且這次是拉同學下來擔保，如果有什麼偽造文書的問題，那我們也有份了。

20:00

八點左右，去找槍機的同學陸續回來寢室。他們罵人的時

間比解釋經過的時間更多，所以亂成一團，沒什麼更進一步的新資訊。

我問他們是否確定那槍機是新的，他們說吳俊龍、王志豪和陳加智最接近，他們都認為是新的。

王志豪等人隨即回來第一大寢。王志豪說晚上用 LED 照，看起來顏色會不太準，但感覺是剛切割完的金屬，外觀很新。

我問他，是否能確定不是原來那支。王志豪卻變得沒那麼有把握，但吳俊龍說他肯定不是真的那支，而是緊急車一支的臨時貨。吳俊龍說，幹部們會去車一支新的，代表原來的槍機不是幹部偷走的，因為如果是為了要嚇我們而偷走的，只要拿原來那支回來即可，不用另外搞這些。

有人認為可能是幹部偷了真的槍機，然後用支假的來調包，但吳俊龍說，那幹部們自己在軍械室默默換過就好了，何必要弄出掉槍機的大事。這分析多數人都能認同。

大家還在聊的時候，我接到跨隊通報，說明天三個中隊的步兵隊統一早上十點離營宣教，所以我要同學回床位去收東西，不然明天早上來不及。大家聽令都散了。因為找槍機浪費了不少時間，現在反而各項內務都有點趕。

20:23

我自己因為沒去找槍機，已經收得差不多了，於是去洗澡。沿走廊往浴室時會經過女生廁所，同學說過槍機可能藏在這邊。我特別停下來注意一下，女生廁所門是關著的，沒法看到裡頭

的狀況。上頭還是貼著「軍官廁所」舊指示牌，是門把旁貼了一張超小公告紙，上面寫已挪為女廁使用。

這時我突然聯想到一件事。女廁除了副中隊長之外，就是專軍班的學妹們會使用。今天早上，除了值星的學妹，其他學妹有機會碰到槍嗎？她們都參加了早點名，那早點名之後，她們如果直接進隊部，就會碰到送槍隊伍。

即便沒有直接偷槍機，也有可能當共犯傳遞槍機。如果有兩三個學妹配合，一個傳一個，那就有可能送回女官住的木蘭樓，甚至丟出牆外。

但我想不出來步兵隊的誰和專軍隊的學妹比較有機會混熟。餐廳班同學或許最有機會，因為他們會一起合作處理三餐，但是早上掉槍機的時間，他們也多半都在餐廳班。

20:34

我梳洗完回到寢室，看到許多同學大方的拿出照相手機在合影留念，還有人拿了一台單眼相機。我當時也和他們合照，他們之後把照片寄給我，上面的時間是八點三十四分。

能照相的東西都是資安違禁品，一向是步校大忌，抓到是「洞八」，取消榮譽假，但總有人千方百計弄進來。當天大地震時也震出好幾支照相手機，但因為並非主要目標，都被放過不管。而最後一晚這些手機全被拿出來大拍特拍，甚至白天在金湯村，我還看到三中隊有人拿單眼相機在拍。如果能找到這些照片的話，或許也能找到一些關於掉槍機的蛛絲馬跡。

我回到床位之後把自己的臉盆歸位，才發現床下也已亂成一團。原本床下內務是同床組四個人的鞋子和臉盆，鞋子是由高到矮對齊排好，臉盆內的清潔用品也都有固定的擺法。但現在除了我以外，其他三個「床友」都已將多數鞋子收走，改塞了一堆行李。我還是照舊排列自己的東西，這反而讓我的鞋子和臉盆看來很突兀。

　　吳俊龍經過看到我在那認真排，還笑我說：「全世界就剩你還在拜拜。」做實習幹部，太認真會被罵，會被同學罵。不認真，大家混過頭，一樣會被罵，會被上面罵。這工作是怎麼做都不對。

　　不過也是有幹部堅持到最後一刻，像是擔任文書的張公譽，這時來問我聯絡資料還要不要改。他說他要弄一個簡單的畢業紀念冊之類的東西，讓大家以後可以聯絡。這完全是他自發弄的。

　　步兵隊一半以上的同學都是這種默默付出的人。雖然也有很混的，但是像張公譽這種從不出頭，還多做一堆事的人也不少。或許因為有這些人，步兵隊才能一路苟活到最後。或許因為有這些人，國軍才能苟活到今天吧。

20:44

　　整理行李完畢，多數人躺回自己的床上，等著晚點名。我也回床補登記今天的重要事項。同學都在聊退伍以後要幹嘛。後來大家又聊回槍機，主要是討論找到的那支到底是不是新的。

這時我才知道發現槍機的王志豪、陳加智和吳俊龍都沒真正摸到槍機，只是看到而已，摸到槍機的都是正職幹部。如果我們都沒人摸到，只看到，那槍機就可能不是用金屬「車」的，而是直接用買的，像是買一支鋁的，甚至塑膠的來充數。載我們去高鐵站的計程車有些會兜售假的軍品，像是假鋼盔，甚至是假的 65K2，五中隊之前的「機步士」學長就買過。不過，王志豪在下去二清之前說，他把槍機和報紙抱出來的時候，感覺是很重的東西。

隨著大家的討論過程，我發現找到槍機時，大家都很確定那是新車出來的，可是我們越聊越沒把握。說不定垃圾桶那支不是新的槍機，而是真的槍機；會覺得新，是晚上的光線造成的錯覺。但找出來的過程也太神奇了，而且那槍機是怎麼跑到垃圾桶裡的，也需要解釋。

之後大家都坐在床尾聊，然後聊一聊越來越小聲，越來越沒人開口。最後是你看我，我看你，就笑出來了。有人邊笑邊問說現在是笑屁啊，吳俊龍說是「笑一笑就長大了。」

我覺得這說得很棒。聽他這樣講，大家也不聊了，都學他穿上外套，準備提前下去晚點名。大家應該是覺得沒差了，平安退伍最重要。

以上是當天晚上八點到九點之間的記錄。

（本記錄為受訪者於規定時間內自行謄打）

十七

，

告别式
不一定有死人

小時吧，我把所有可能修好的部分都搞定了，不能處理的，也想了一些解決方案。第二天就要走，前晚還幫忙通廁所、修廁所，我的想法是還中隊長一個人情，因為他還蠻照顧我的，而且他當天又碰到一堆鳥事。

接近晚點名的時候，我就把剩下的料件、工具、梯子扛回經理庫房，填寫入庫記錄表。離開庫房之前，我想到這是最後一次來了，就在裡面繞了一圈。因為平常我也都沒在注意看，這最後一次的「巡禮」讓我發現不少新玩意。我也想到一個問題，就是槍機有可能藏在這邊。因為真的太好藏了。但就算有，我也懶得找了。

反正人家都結案了。我修廁所的時候，聽到同學說，上面演了個找回槍機的爛戲。就是槍機已經找到了，但過程像是演戲。軍隊嘛，有時就是配合演出，大家高興就好，東西就是多多少少，少少多多。

在這之前很久，有一次我接到大隊部指示，要帶別中隊的小兵去後山挖洞。我就從五中隊庫房取了十支圓鍬，十支十字鎬。搞定回來時，我叫所有挖洞隊員把工具在草地上排好，清點之後，卻發現多了一支十字鎬。怎麼點都是十一支。

我叫器材班班長龍哥來看。喔我想起來了，他叫吳俊龍。龍哥數過，確定是十一支，但簿冊上的確是取出十支。所以這代表十字鎬無性生殖了，連龍哥這化工博士都無解。我們又找徐偉業來，徐偉業點過也無言。他也不知這多餘料件該怎麼辦。

我們三人再往上報給中隊長。中隊長親自開庫，確認庫內和庫外的十字鎬數量，真的多了一支。中隊長於是下令先收起

來。那是我第一次看他笑得很開心。

　　我事後研判，大概是回來的時候，我在集合場罵得太兇，各中隊的隊伍又交雜，就有其他中隊的小兵把他們的十字鎬誤放過來了。這樣也好，一定某個中隊掉了十字鎬，我們中隊長就可以做人情給那個中隊了。這事情雖然是其他料件，但我認為掉槍機的事，說不定可以從這十字鎬的事情找出某些可能性。

（訪談人：你認為這事和槍機有關？）

　　也不是說直接相關。如果十字鎬會多出來，那五中隊的槍機呢？會不會在某個階段被誤放了？是在別中隊那？

　　我當時真想過這問題，但當時我想不出是在哪個環節被誤放的。因為槍機通常不是會分開放的東西，沒道理搞丟，除非是武管室那邊一次把全部的槍都大部分解來保養，結合回去時漏裝一支。

（訪談人：好吧，請回到九點的狀況。可以說明你參加晚點名時所看到的狀況嗎？）

　　我出庫房的時候，看到同學都要下樓參加晚點名，我就跑回床位穿運動外套，擠在最後一批人群中下樓。

　　因為是結訓時最後一次晚點名，有安排大隊長講話。不過前面還是各中隊自己晚點名。晚點名是在隊部大樓前的集合場，人數比早點名多很多，因為要睡覺了，多數人都會在。

最後幾週我們步兵隊不太參加晚點名，因為蠻多夜間演習課程的。但一週還是至少有一次吧。通常晚點名比早點名輕鬆多了。

負責帶這場晚點名的是專軍隊的值星學妹，就我剛剛講過，早上撞到的那個學妹。她早點名時和我們家的天天換班，早點名是天天點的，所以晚點名是她來帶。

（訪談人：她有什麼值得一提的表現嗎？）

嗯，不算是有。很正常。

我下來的時候，她正在抄我們值星官天天給她的一張紙。她邊看邊抄，抄了很久，我經過她身旁時都還在抄。我懷疑她不是在裝笨，就是在裝忙啦！所以我還湊過去問：「有什麼問題嗎？」

她很緊張的說：「報告學長……」講什麼我沒聽清楚，但我瞄了一下她抄的東西，才知道原來天天是把步兵隊的值星官秘籍拿給她抄。應該就是晚點名流程那段吧。難怪會抄那麼久。

我就告訴她，晚點名很簡單，整隊、唱歌答數，再交部隊給中隊長就好了，連報人數都不一定要報。然後我指著天天說：「如果忘記了，他會打 Pass 給你。」

我講得很大聲，步兵隊聽到的人都在笑。我也沒管她後來講什麼，直接入列了。這麼聰明的女人，鐵定是懂的。

（訪談人：所以晚點名流程，包括人數等等，都沒問題嗎？）

嗯……現在回想，人數我不知道有沒有問題，但過程我覺得有點好笑耶。怎麼說。

她抄完了，就站定位。他們專軍的實習中隊長，我們都叫他臭臉哥，那臭臉哥伸手示意要她多等一陣。就這樣無言了三十秒，中隊長才從大樓內走出來。臭臉哥小聲指示學妹啟動，然後學妹才開始晚點名。

雖然剛剛還在抄小抄，但她的表現很有水準，開頭的「五中隊注意！」是標準國語一字一字慢慢唸，感覺一整個清新。我們步兵隊聽多了怪腔怪調口令，這種標準口令有振奮人心的效果。但女生下口令，男生都是會做怪啦！我旁邊的同學就一直在說什麼：「幹，我骨頭酥了。」「像卡車碾過那樣酥嗎？」

她唸的是我們步兵隊版本的台詞，我還會背喔！就是「在看齊的時候，於我面前成講話隊型，我的左翼部隊為步兵隊前三個班，正面部隊為步兵隊後四個班，右翼部隊為專軍隊。各部隊成九伍正面，以正面部隊排面班第五員為中央伍對準我。中央伍為準，向中看企（齊）！」但她是臨場背的，也是蠻強的。

而且她就只有最後一個「齊」是怪腔怪調，其他都是標準國語。她應該是故意用標準國語來下令，之前專軍隊的值星官也都是怪腔怪調亂喊的。這一兩年國軍好像在推行用標準國語下口令，所以學妹這樣唸台詞才是對的。

她的動令一下，大家就認真移動，看齊，對正。之後的「向前，看！排頭伍為準，向右看企！向前，看！」也是很標準。

她連講「稍息。」也是標準國語，一般都是唸「掃西」。她的「立正。」也是標準國語。一般是唸短促的「哩正」，我

還聽過有高官喊「呃」的，稍息立正都喊成「呃」，真的不知道是在公三小。

因為真的太少聽到標準口令，很多同學都在模仿說什麼「稍息。」「您好。」「晚安。」「吃飽了嗎？」「How are you?」「I am fine. Fuck you.」「歡迎光臨。」「依來瞎一媽些。」「幹那是日文。」「剛剛都有英文了。」就阿財和摸魚哥他們，很愛鬧。

後來呢，學妹正要帶「唱歌答數」，中隊長就在她後面說：「不用了，直接交部隊給我。」她轉身敬禮後，正拿出手中的簿冊要報人數，中隊長又打斷她：「不用報了，妳直接入列吧！」她愣在那，隔了尷尬的兩三秒，才行個軍禮，抱著簿冊低頭小跑步入列。

晚點名的部分大概就這樣。要講有什麼特別的地方，只有標準國語部分比較特別吧。後面就中隊長講話。

（訪談人：中隊長在晚點名時講了什麼？）

他講了一串，沒啥重點，反正就是五中隊發生很多事，耽誤到各位的時間，本來都是兩洞四五（20:45）晚點名的，影響專軍隊女學員回去她們住的大樓報到，非常不好意思。應該就是這些吧。

不過中隊長講到專軍隊學妹的時候，還真的兩手貼褲縫立正，向學妹們彎腰鞠躬致意。她們都很尷尬，不知是要立正回禮，還是裝死在原地「掃西」。我記得應該是要立正的。

中隊長還有講說，專軍隊實習幹部以外的人員直接準備就寢，晚點名結束後請步兵隊留下來，有大隊長講話。

我們的值星官天天馬上立正，表示步兵隊聽到了。值星學妹有點小驚訝。這正妹很聰明，她大概是看到天天的動作後，才想到剛才中隊長致歉時，她應該代表專軍隊女生立正回禮。

（訪談人：所以你有特別注意她在幹嘛？）

對了，我漏講了，中隊長講話時有提到值星學妹。他說剛公布了上月份的優秀學員，十二月份的，就是由值星學妹得獎，所以請她出列。學妹應該已經知道有這個頒獎，就很順的跑出來，在中隊長面前立正站好。

副中隊長這時從旁邊走出來，把獎狀和一個信封交給中隊長。原來她一直都躲在我看不到的柱子後面。中隊長說雖然只有一張獎狀和微薄的禮券，但希望她繼續努力之類的鬼話，然後學妹上前接過了獎狀和信封，又退後一步，左手收獎狀和信封在腰際，然後右手敬禮。

這應該也是有特別練過，因為她比我們菜，理論上是不會做得這麼順。

接下來專軍隊沒有事，中隊長就叫他們解散，只有專軍值星官和實習中隊長要留下來開會。專軍隊立正敬禮，自己散了。值星學妹過去叫了幾個專軍學妹到身邊，像是交代事情。

（訪談人：那接下來你們步兵隊的狀況是？）

中隊長解散專軍隊後，就轉身對我們下令，要我們在他面前成方隊，照各班排好後坐下，等其他中隊過來。

後來他突然問我們：「大家還有什麼想問的問題？」

阿財想提問喔，可能是要問找回來的那支槍機吧！但右手才稍微啟動幾公分，就被其他同學拉住，他才縮了回去。拉他的同學應該是認為不要多生事。阿財是一個講話很靠北的同學，蠻有趣的人。啊，我想起來了，他叫陳運財。

然後我們就坐在原地發呆，等其他中隊完成晚點名。

（訪談人：這時你有注意到什麼狀況嗎？）

因為無聊，我有轉頭看那些準備回女生住宿棟的學妹們。她們有些人上樓去女官休息室拿東西，然後才下來。

啊對了。我補充一件事，在專軍隊解散的時候，值星學妹因為要留下來，有交給其他學妹她的獎狀和信封，還有一袋從柱子後面提過來的東西。我一直盯著那個幫忙提東西的學妹，想看出那袋東西是什麼。

阿財注意到我的動作，就問我：「你覺得裡面是槍機嗎？」聽到的同學全回過頭來盯著那學妹看。但我覺得看起來不像，是很輕的一袋東西。

（訪談人：在等待過程中，還發生什麼值得一提的狀況嗎？）

對了，後來我有舉手報告，不過不是問槍機的事，是講廁

所。我修了整晚的廁所，要和中隊長報一下最新的狀況。中隊長以為全都修好了，但我潑他冷水，說有好幾個地方都還是壞的。

像那個早上爆掉的馬桶還是不行，一定要有料件。我告訴中隊長，外面一個浮球應該一百會可以買到，自己買回來裝上去就好。那個很簡單，轉一轉就上去了。真的不會的話，就看別的水箱裡怎麼裝。自己不敢爬，就派專軍隊的海陸去裝就好，反正他們懂水性，應該會修水箱。

同學都笑歪了，但中隊長沒聽懂。

還有另一個的問題，是第一大寢旁邊廁所漏尿也是修不好。那底下的管路太堵了，尿水排不掉，才會從上面的管線漏出來。解決之道是想辦法從洗拖把的水槽那邊下去通。我有帶通管器，可以從那邊伸下去通。一般來說，尿管和拖把水槽的排水管不會接在一起，但隊部大樓這邊很神奇，兩條好像是在一起的，所以從水槽那邊下去也許可以通。

但硬通的話，也可能捅壞管線，從堵住變漏尿，就看要不要試。中隊長因此猶豫了很久，最後決定還是用通管器通看看。

這時其他兩個中隊已靠過來，我們中隊自己的時間就到此為止。

（訪談人：大隊長的談話時間講了什麼？）

大隊長示意不用太正式的集合，連站起來都不用，就大家繞著他，勉強成一個半圓型即可。等大家蠕動完畢，大隊長也

259

輕鬆開講。他先問大家知不知道他和我們是同時間到一大隊報到的。我記得這件事，我們來的那一天，門口有貼大隊長履新的紅紙條。

大隊長說這是他第一個營級主官的工作，就有一半以上的學員是預官隊，而且光步兵隊就有兩百多人。他謝謝同學都配合大隊部的要求，對於所有活動都熱心參與，特別是他辦的大隊籃球比賽。

講到大隊籃球比賽，我們步兵隊看似廢材，卻一路殺到決賽，才被四中隊的分科班打敗。分科班全都是陸軍官校出來的體能怪獸，連續快攻四十分鐘，誰受得了。

大隊長又說他有很多做不好的地方，像是餐點一直無法讓大家滿意，但大家的意見也是他進步的動力。所以，他還是感謝我們一直打 1985 申訴他。

大家都在偷笑，因為我們這期預官大概是全國軍打最多申訴電話的一梯人了。

（訪談人：大隊長是否曾講到和槍機相關的事？）

沒有。大隊長收尾是簡單祝福大家軍旅生涯一切順利，平安退伍。然後他說餐廳烤了好幾籃的麵包，就放在大樓入口處，步兵不敬禮解散後一人可以拿一個，當成是畢業禮物。他講完就下令解散了。

多數人都有拿那個麵包。大隊長還閃到一旁讓同學過，有幾個人特別過去和他敬禮、道別。我不喜歡這種客套，連麵包

都沒拿。

（訪談人：晚點名結束之後，還有什麼值得一提的部分？）

　　我還要通水管。我就回去拿床下的通管器，一個人上工。這東西是我自己買的，長得像是個超大的陀螺。帶進步校時還被門口衛哨刁難。

　　這東西使用上很簡單，就從「陀螺」底部抽出一條有鉤子的鐵索，把鐵索從拖把水槽的排水孔伸進去，不斷往下捅。到無法前進之後，再把「陀螺」上方的握把多轉幾圈，鉤子就會絞住障礙物，然後握住鐵索用力往回抽，就可以把卡在管理的東西拉出來。

　　我開工後，第一回合拉上來的「大魚」是成團的毛髮垃圾，裡頭還有一小塊的鋼絲菜瓜布。這鐵定是有人在這邊偷洗餐盤時掉下去的。

　　五中隊規定餐盤應在餐廳那邊洗好再帶回來，因為這邊的水槽無法過濾廚餘，但很多同學會嫌在餐廳洗不乾淨，會偷拿回來洗。菜瓜布大概就是洗碗時失手掉進去的。

　　我又再放出鐵索下探。依鐵索長度，這次似乎又多推進了四、五十公分。確定前方鉤子咬住障礙物後，我就用力往回拉。這次有看熱鬧的同學來幫忙，拉的方法也更暴力。

　　這第二回合拖出來的東西就更雜了，除了毛髮之外，還包括了一支打火機，指甲剪，和鐵筷。我放水測看看是否已經打通。積水還是很快回溢，只好默默開始第三輪貫通工程。

這第三輪推進，大幅往前一公尺多，因為是一邊放水一邊作業，看到積水慢慢消化，我知道已經衝出水路了，但鉤頭還是碰到了障礙物。我慢慢往回拉。這次勾住的東西比較特別，會卡卡的，但只要讓它左右搖動，就可以出來。

那個卡住的是一大團陳年老髮、塑膠垃圾、廚餘骨頭之類的東西。水流開到最大也可消化了，算是完成戰略目標。

我發現拉起來的這團垃圾很重，似乎有點看頭，就請同學幫忙找能撥開垃圾的東西來。有人拿前一波清出的鐵筷，正好合用，我就用鐵筷把那坨詭異的東西分屍。

重點來了。分到某種程度，大家都看出某種熟悉的形狀，有人更直接「幹」的一聲喊出來。我用手清掉最後的污泥和毛髮，裡頭那條金屬就完整亮相了。大家都認得那根 T 型金屬，因為天天都在「拉」它嘛。

那是一支步槍的拉柄。拉柄是用來把槍機往後拉的重要部件，可以強制進退子彈。這拉柄不是最近掉的，因為它和雜物卡在很下面，已經有點生鏽了。

（訪談人：你們接下來怎麼處理呢？）

麻煩的就是處理。大家真的嚇到了。我判斷應該是 65K2 的拉柄。有人問說槍機會不會也在管子中，但因為水路已經通了，就算有，也是掉到更下面的部分。

我把那拉柄拿去洗乾淨一點。有人通知徐偉業和天天來，徐偉業看到那拉柄，遲遲無法做決定。大概是今天發生太多事，

連他都失去信心了，不然他以前一定立刻往上報。

徐偉業問我的想法。我認為可以報上去，因為這不是少了，是多的，就像我多帶回來的十字鎬，是多出來的料件。反正我們掉一支槍機，就還他一支拉柄吧。在場多數人都支持我的想法，徐偉業就點頭了。

我把拉柄直接給他，他有點尷尬，因為那還是很髒。他再洗過一次，才拿去中隊長辦公室。

我要他順便告訴中隊長水管已經打通了，之後還會堵的話，就不能怪我，也許裡面有卡槍管或槍機之類的。大家又笑得很爽。修廁所的事情就這樣，之後就回去準備睡覺了。

（訪談人：睡前還有什麼狀況嗎？）

我洗好通管器，回到寢室放進袋子裡，再拿臉盆毛巾去廁所做簡單的睡前盥洗，等回到自己床邊已是 9 點 50 分，差不多要準備床上的夜間內務了。我掛起蚊帳，鋪好棉被，把該在床頭、枕下的手機，手錶，防水夾鏈袋，水瓶，依序放好後就躺平。雖然第二天就要閃人，但該做的還是做一做。

同學都躺在床上閒聊，連值星官天天都回來了。我問他不是要開夜會，他說開完了，因為步兵隊明天沒什麼事，就早點名後幫忙把隊部掃一掃，被套拆下來送洗，公發裝備還隊上，10 點就集合場整隊放人，走出校門口，步兵隊就解散囉！

對了，這時我們有討論到步校時間比外面快三到四分鐘。這其實是常識，因為我們的手錶通常是步校時間，因為演習會

一直對錶，但手機時間通常是外面的正常時間，因為放假出去要用。就算都調整成步校時間，搭高鐵回台北時也會發現。

之所以會這樣，是因為軍人會抓前置量，可能是因為學校高官中有人的手錶往前調，大家都和他們對錶，就都往前調了。我猜應該是政戰主任抓的前置量，因為如果放假時太晚放人出去，在校外等的那些計程車和家人就會把軍方幹爆。

不過如果大家手機時間和手錶時間不一致的話，那早上討論掉槍機的時間軸就可能產生誤差了。吵鬧一陣子之後，還真有人抓出問題點，但不是時間差造成的矛盾。

早上天天說值星學妹有下去軍械室，但碰到送槍人龍過不去，那阿財說學妹是直接去餐廳吃飯，根本沒碰到送槍的人，可是有人轉述饅頭哥的說法，說在掉槍機之前，好像有看到還是聽到學妹到軍械室外想找中隊長報告。饅頭哥是我們的副軍械士，姓王，天天都要吃饅頭，所以叫饅頭哥。

饅頭哥提到學妹的部分，是我第一次聽到的，但後來大家都懶洋洋的，不是很想認真討論。也許饅頭哥是把副中隊長當成學妹了。他總是憨憨的。

（訪談人：還有什麼值得一提的嗎？）

剩下就都是嘴砲啦。好笑的部分我還記得一些。

有人提案說最後一晚了，心中還有什麼沒說的、不敢說的都趕快說一說，新仇舊怨一次解決。阿財就罵摸魚哥和摸魚弟，要他們對同學道歉，因為這兩個人實在超混，工作都推給同學。

摸魚哥說他有幫忙去找槍機，結果被大家吐槽說半年來只有做這件事。

不過阿財後來向摸魚哥道歉，他說他們兩個人上個月一起留守，就是週末不放假留下來當安官。留守時，全中隊只會剩八個人。當天晚上阿財睡一半想下床尿尿，他說坐起來時，從他床位這邊看過去，好像有個白影離地飄著，隔著蚊帳在看摸魚哥。阿財就嚇得縮回去了。

所有同學都在幹他亂虎爛，但摸魚哥只說了一句：「是喔。我還以為是中隊長耶。」幹。這代表摸魚哥也有看到。大家安靜三秒，然後又是另一種大爆炸，幹聲不斷。因為當天中隊長根本不在啊！他也要放假。

講到這時，剛好有人進寢室，順手把大燈關掉，大家又更驚嚇這樣。那個關燈的同學被罵得莫名其妙，因為本來就要水電燈火管制了啊！但他被幹到只好又打開燈。

（訪談人：到水電燈火管制之前，都沒重要的事情了嗎？）

我躺下後，有問上鋪的天天說，如果是他要偷槍機，他會怎麼偷。他說他會找很多人一起偷，一個人偷很難下手，也很不好藏，都會被人看到。

但我覺得人多的話，消息也很容易走漏，一個人背叛就大家一起死。阿財插嘴說有共同的目標就好啦，像是都很討厭中隊長，或是很好的朋友。但我們之中好像沒人是這麼好的朋友。

有人說摸魚哥和摸魚弟就是這麼好的朋友。那摸魚哥說他

們才不是朋友，是敵人，因為他們一樣混，無法共存，會互斥。幹講一講又變笑話。

最後阿財很認真的說，如果是男女朋友合作，就有可能了。但我們之中沒有 gay 的班對，那應該就是學妹或副中隊長有參一咖了。

這時在我右手邊很遠的地方，有幾個同學在討論，說如果小偷有兩個以上的女朋友，每個失落的環節就能串起來。或者是一個女生當主謀，然後一堆她的男朋友在幫她。

我覺得這說法很有可能，軍隊很多這種狀況啊，一堆男人傻傻的幫女人做壞事。但我才坐起來想問清楚，就聽到安官在外面大吼：「現在時間，兩兩洞洞（22:00）！水電燈火管制！五中隊肅靜！」那天就這樣結束了。

就這樣。這樣夠了嗎？

陸軍驚傳遺失槍機 晚間證實已尋回

　（記者陳運寶／高雄報導）陸軍步兵學校表示，5 日清晨實施例行械彈清點時，發現短少 65K2 步槍槍機乙支，指揮部隨即動員人力進行營區尋查，至晚間已尋回該槍機，初判為人員運送槍枝過程中不慎遺失。指揮部已追究相關人員責任，並強化運送槍枝標準作業程序與監管作為。

發稿：0105

受文者：賀00上尉

發文日期：民國98年7月26日
發文字號：國儀電台字0980722003
速別：最速件
密等及解密條件或保密期限：極機密。保密期限10年。
附件：一、受訪人員名冊，紙本，2，頁。二、報告書，紙本，189，頁。

主旨：針對本台徐00少尉專案安全調查之結報，請查收。

說明：

一、 依從事及參與國防安全事務人員安全調查辦法與施行準則辦理。

二、 查本台外站鍾00少尉舉報本台內站所屬徐00少尉疑涉民國98年1月5日陸軍步兵訓練指揮部暨步兵學校第一大隊第五中隊之槍機遺失案，本台保防部門已於6月25日完成相關人員之安全調查訪談。

三、 查該員無涉本案，理由詳如附件二。

四、 依主官裁示，本案相關資料保密期限十年。

說故事 011
大部分解，開始

作者：周偉航
封面設計：林峰毅
內文編排：Johnson

發行人兼總編輯：廖之韻
創意總監：劉定綱
執行編輯：周愛華

法律顧問：林傳哲律師 / 昱昌律師事務所

出版：奇異果文創事業有限公司
地址：台北市大安區羅斯福路三段 193 號 7 樓
電話：（02）23684068
傳真：（02）23685303
網址：https://www.facebook.com/kiwifruitstudio
電子信箱：yun2305@ms61.hinet.net

總經銷：紅螞蟻圖書有限公司
地址：台北市內湖區舊宗路二段 121 巷 19 號
電話：（02）27953656
傳真：（02）27954100
網址：http://www.e-redant.com

印刷：永光彩色印刷股份有限公司
地址：新北市中和區建三路 9 號
電話：（02）22237072

初版：2019 年 6 月 30 日
ISBN：978-986-97591-7-5
定價：新台幣 330 元

國家圖書館出版品預行編目 (CIP) 資料

大部分解,開始!/ 周偉航作 . -- 初版 . -- 臺北市:
奇異果文創, 2019.06
面 ;　公分 . -- (說故事 ; 12)

ISBN 978-986-97591-7-5(平裝)

863.57　　　　　　　　　　　　108007766